BUSCÁNDOTE
(DESESPERADAMENTE)
Historia de un viejo Cadillac

BUSCÁNDOTE
(DESESPERADAMENTE)
Historia de un viejo Cadillac

[Víctor Ortigosa]

Primera edición: julio de 2020
© Copyright de la obra: Víctor Ortigosa
© Copyright de la edición: Angels Fortune Editions
ISBN: 978-84-121867-5-8
ISBN digital: 978-84-121867-6-5
Depósito Legal: B-9745-2020
Corrección: Teresa Ponce
Diseño portada: Celia Valero
Maquetación: Celia Valero
Ilustración de portada: Lai Zaragoza
Edición a cargo de Mª Isabel Montes Ramírez
©Angels Fortune Editions
www.angelsfortuneditions.com

Derechos reservados para todos los países
No se permite la reproducción total o parcial de este libro, ni la compilación en un sistema informático, ni la transmisión en cualquier forma o por cualquier medio, ya sea electrónico, mecánico o por fotocopia, por registro o por otros medios, ni el préstamo, alquiler o cualquier otra forma de cesión del uso del ejemplar sin permiso previo por escrito de los propietarios del copyright.
«Cualquier forma de reproducción, distribución, comunicación pública o transformación de esta obra solo puede ser realizada con la autorización de sus titulares, excepto excepción prevista por la ley»

*A los que ya no están aquí, pero siempre estarán conmigo.
Y a los que están, por su presencia.*

A mi madre, que nunca me negó un libro.

El relato auténtico sería aquel que narrara cómo una gran inteligencia se licua en la pereza, el miedo y la angustia. Poco a poco se pierde, como esos bultos que desaparecen en el agua y al final solo se ven unas cuantas burbujas

Alejandro Rossi

1

El Cadillac Deville de 1966 se desliza por la montaña ajustando su enorme hocico al vaivén de las curvas que asciende. El aire fresco de la mañana se adentra feroz a través de las ventanas mientras me coloco las RayBan de cristales verdes y ovalados. El sol de julio comienza a incendiar el ambiente y muy pronto el bochorno me obligará a conectar el aire acondicionado. Observo a Roberto a través del espejo retrovisor, tumbado como un guiñapo en el asiento de atrás, menudo y compacto, la boca abierta, el pelo corto y rizado horadado por el tiempo. El casete de La Frontera, a todo volumen, silencia los ronquidos que se dibujan en el rictus de su respiración... «En el límite del bien, en el límite del mal...». Sonrío, pero no estoy contento. Tampoco estoy triste. Estoy. Simplemente eso: estoy. Mis manos aferran el volante de piel del fabuloso Cadillac Deville amarillo de 1966 mientras la música de mi juventud sigue cantando en mi madurez a los límites de la vida.

Enfilo la bajada del puerto de los Alazores, partida por una sola curva en su cara norte, y sucumbo una vez más al majestuoso paisaje de sierras grises y campos verdes que se extiende ante mí. Tengo cuarenta y un años, sí, pero la sensación de plenitud me parece idéntica a la que tuve con diez, con veinte, con treinta años. Como si el pecho se ensanchase y las bocanadas de aire fresco fuesen ahora más profundas, más perceptibles. Como si los ojos hubiesen encontrado por fin el lobo que habita en mi interior. Como si las extremidades lo hubiesen hecho con el águila que lo desafía. Como si el entorno, inyectado en las venas, circulara ansioso, sin ningún miedo, por la sangre que las llena.

Júbilo.

Esa es la palabra.

Una explosión de júbilo.

Esta vez la alegría acompaña a la sonrisa que no quiero reprimir. Después apareces tú, no puede ser de otra manera: Olga al final de cualquier cosa estos últimos tiempos. También al principio. Olga acodada en la barra del Café Madrid, aburrida, lanzándome una sonrisa al divisarme.

Roberto despierta poco antes de llegar a Zafarraya. Detengo el coche y sale a vomitar, aunque no llega a hacerlo. Se sube resoplando al asiento del copiloto y me mira fugaz, desorientado.

—Voy a hacerte una foto —digo.

Salgo del coche, abro el maletero, saco la cámara que me vendiste y vuelvo a mi asiento. Roberto sigue perdido en alguna parte. Me mira suspicaz.

—¿Qué coño haces? —dice con esfuerzo.

Me río. Aprieto el botón de disparo. No miro la foto. Apago la cámara.

A las diez y cuarto de la mañana aparco el Cadillac frente a la casa de mi amigo en Zafarraya, un pueblo fértil, famoso por el imponente boquete de las montañas que lo circundan. María Dolores aparece muy pronto en la puerta de entrada. Primero mira sorprendida y curiosa el coche, pero es solo un segundo, después busca irascible los ojos de su marido. Acabamos de bajarnos.

—Bueno, ya me contarás —dice Roberto. Me mira resignado. Una pizca de vergüenza aparece en el rostro—. Cuídate mucho.

Nos abrazamos otra vez, he perdido la cuenta, han sido muchos abrazos esta madrugada, mucha la necesidad de sentirnos vivos, pero ahora sus manos en la espalda tan solo me transmiten desesperanza. Después entra en casa sin siquiera medir las fuerzas con la mirada de su esposa. Intento sonreír. La beso en las mejillas.

—Ha sido culpa mía —digo.

Ella cierra los ojos, quizá para que la furia de su mirada no me hiera, y suspira y vuelve a abrirlos.

—Hoy ha sido culpa tuya —dice—. Hace una semana la culpa fue de Alfredo. Dentro de tres días la tendrá Matías. Mi marido tiene unos amigos muy malos, ¿verdad?

A duras penas sostengo esa mirada furiosa y desencantada. Quiero decirle que tenga paciencia una vez más, que Roberto se ha dado de bruces con una vida que no imaginaba, que aún tiene que asumirla, aceptarla tal y como es. Pero entonces aparece su hijo pequeño con un pijama de Bob Esponja, una pelota de fútbol y una sonrisa muy grande, y el parecido de Roberto junior con su padre, con el niño que fue su padre, me golpea tan fuerte en el estómago que casi pierdo la respiración.

—¿También te gusta el fútbol? —pregunto tras levantarlo en brazos y darle un beso—. ¿Eres tan bueno como papá?

—Yo quiero ser como Casillas —dice convencido.

—Vale, pero no te olvides nunca de ser como tú, ¿de acuerdo?

Lo dejo en el suelo y le revuelvo los rizos. María Dolores me mira, «ya me encargaré yo», dice, y yo pienso en todas las madres del mundo, en su agónica fortaleza. Después me pregunta por Elena y los niños y por el coche tan chillón. Le doy un beso de despedida instantes más tarde. Cuando subo al Cadillac veo la cámara. La cojo. Le hago una foto al crío. Esta vez sí la miro. El hijo de mi amigo me observa exactamente como su padre lo había hecho hace treinta y cuatro años. Me entran muchas ganas de llorar. Pero no lo hago. Sonrío.

2

«Hablo muy a menudo con mi abuelo». Eso me dijiste mientras tu cabeza reposaba en mi pecho, acostados los dos en la cama de aquel hotel, cerca del aeropuerto. Me dijiste que le cuentas tus problemas y que él te escucha atento y paciente, que te tranquiliza. Lo cierto es que esto no tendría nada de particular si no fuera porque tu abuelo, Olga, está muerto.

«No es una cuestión de fe —me decías—, es un hecho». Yo te escuchaba y pensaba que quizá tu terrible experiencia, tu encuentro con la muerte siendo apenas un bebé, tenía algo que ver con todo el asunto. Por lo visto, ahora, me explicaste, has conocido a mi abuelo. Mi abuelo y tu abuelo murieron hace muchísimos años, pero tú me dijiste que están muy bien, que mi abuelo es un tipo sonriente y bonachón, que ha hecho muy buenas migas con el tuyo. Que me protege y me observa desde allá arriba. Bueno, mi abuelo *era* un gran tipo, eso es verdad, un hombre alegre y generoso. En realidad, para mí sigue siéndolo a pesar de la distancia insalvable que nos separa, pero es que yo le conocí, hablé con él, recibí sus caricias, aún puedo imaginar sus facciones en mi memoria.

De modo que, maravillado, pensé que vives rodeada de espíritus afables, de seres de luz que sonríen y dan consuelo.

—Solo unos pocos de nosotros, los mejores, acceden directamente a ese estatus, desde un primer momento son se-

res de luz —dijiste—. Los demás han de cruzar el umbral para expiar sus culpas, y solo unos pocos lo consiguen.
—¿El umbral? Una especie de purgatorio, ¿no?
—Así es.
—¿Por qué no vuelves a la cama y seguimos cometiendo adulterio, rubia? Quizá eso retrase nuestra partida…

Yo te sonreía desnudo desde la cama de aquel hotel de paso adonde te había llevado. Tú también estabas desnuda, en ese momento de pie, delante de la cama, pequeña, maciza, tus piernas redondas de velocista, tus pechos aún firmes, tu melena dorada y revuelta, la cámara en la mano. Habías estado haciendo fotos a las sábanas revueltas. Querías reflejar el acto sexual a través de las huellas de nuestros cuerpos en los elementos. Me pareció insólito y hermoso.
—No seas frívolo con eso —dijiste—. Sabes que no me gusta.
—Tampoco te gusta que fume y lo estoy haciendo.

Apagué el cigarrillo sin dejar de sonreír. Compusiste aquel mohín que a mí tanto me gusta. Ese fruncimiento de labios, esos ojos pequeños y azules entornados, esos pómulos tuyos tan marcados que se hunden aún más en el rostro granítico; esas arrugas como pequeñas cicatrices asimétricas dibujándose en la amplia frente, inabarcable por dentro. El deseo te embauca y desordena tus actos sin remedio. La atracción no es una causa, todo lo contrario, es la consecuencia. El amor es una quimera que uno persigue absurda y constantemente. El amor sin más. Ser el otro y que el otro sea tú durante al menos una fracción minúscula de tiempo, de espacio, donde ya no importe nada más, tan solo la conexión íntima de dos almas. Me río yo solo. Me río y después compongo una mueca de tedio. Me río, compongo una mueca de tedio y después lloro. Lloro mucho.

Soltaste la cámara sobre un sillón beige y te aupaste a la cama de rodillas. Viniste hacia mí, te tumbaste, abriste las piernas y comenzaste a darle caña al clítoris. Estuvimos follando toda la mañana al ritmo de INXS, *Suicide Blonde,* una vez y otra vez más, pero no me besaste. Tus labios no se acercaron a mis labios. Tu lengua fue esquiva una vez y la mía se contuvo a partir de entonces. La contención y yo. Íntimos aliados. Follamos placentera y desapasionadamente, rodeados de espíritus que me recordaban cuánta es la agonía y qué poco permanece el impulso primero, la inocencia en el alma. El veneno se adentra con cada paso sobre el camino, con cada mirada esquiva, con cada pensamiento que no se hace palabra.

Olvídate.

3

Había ido a Alfarnate, el pueblo de mi familia materna, el primer sábado de julio, un día antes de despedirme de Roberto en Zafarraya.

Anclado en un valle agrícola en decadencia, rodeado de imponentes montañas, Alfarnate, como un zapato hecho a mano, solo se parece a sí mismo. Altivo y arrogante, perezoso y socarrón, le gusta observar el paso del tiempo casi con desidia, lúdico, de modo que el tiempo, en muchas ocasiones, suele pasar de largo.

Llegué alrededor de las nueve de la mañana y fui directamente a casa. Mis padres la habían habitado varias veces desde que el verano comenzara, así que cuando abrí la puerta el aire me recibió sin frialdad. Revisé las habitaciones con cuidado, como si nunca las hubiese visto. Después busqué las fotos antiguas en la cómoda donde mi abuela las guarda, las fotos en blanco y negro. Las miré despacio. Allí estaba otra vez mi abuelo, tan joven y lleno de vida, mi madre cuando era una niña, con sus hermanos. Allí estaban mis bisabuelos, impertérritos, congelados, así como toda clase de familiares y personas a las que no conocía. Allí seguían las escenas de las fiestas de San Marcos, en abril, cuando todo el pueblo sale a comer y beber al campo. Las que se celebran en honor de Nuestra Virgen de Monsalud, en septiembre, cuando nos disfrazamos de moros y cristianos. Las calles empedradas, las cuadras como habitaciones adyacentes a las viviendas, las sonrisas olvidadas por el tiempo. Sí, allí estaban los orígenes. «El poso que ha dejado el tiempo y el espacio —pensé—, las personas antes de ti, condiciona y explica, en cierta manera, tu propio tiempo y espacio, tu propia identidad».

Guardé en mi cartera la foto de mamá Mercedes, mi bisabuela, que murió cuando yo tenía diez meses. Mi abuela me contó que supo que su madre iba a morir cuando me llevó a sus brazos y ella ya no quiso cogerme. Se habían acabado sus ganas de vivir. La guardé porque tú me dijiste que te gustaría ver una foto de ella. La guardé sabiendo que nunca te la mostraré.

Llamé a Fede al móvil con el móvil de prepago que he adquirido para el viaje. No quiero llamadas que me importunen. Solo Elena y mi hermano conocen el nuevo número, que desaparecerá cuando consume la ruta que aún está por decidir. Fede tardó en contestar. Me dijo que ya estaba allí. Yo dije que iría enseguida. Y eso hice. Diez minutos más tarde, bordeando el perímetro del pueblo, llegué a la nave que mi amigo tiene en las afueras. No quería encontrarme con nadie, aunque vi a varios ancianos aprovechando el último aire fresco de la mañana. Todos me miraron sin disimulo.

La sonrisa amistosa de mi viejo amigo fue el anticipo de sus besos sinceros y de un cálido abrazo. Entramos a la nave. Allí estaba el Cadillac. Cubierto de polvo.

—Acabo de quitarle la funda —dijo Fede como si adivinara mi pensamiento—. Arremángate que vamos a dejarlo níquel —sonrió festivo, y es que nunca me ha gustado arremangarme.

Nos pusimos manos a la obra. Al terminar, el color amarillo chispeaba desafiante. Fede siempre ha sido muy meticuloso para estas cosas, muy perfeccionista. El Cadillac Deville de 1966 se lo había entregado un promotor de Murcia cuando se quedó sin liquidez y no pudo hacer frente a sus deudas. Un nuevo rico que creyó que el disparate inmobiliario duraría toda la vida, que haría de él un hombre aún más rico. A Fede le dejó a deber 55000 euros. El Cadillac había sido un capricho que aquel desgraciado ofreció a mi amigo como garantía. Pero ya habían pasado dos años. Eso sí, el tipo había hecho un buen trabajo con esa preciosidad metálica. Estaba reformado y lo había matriculado como coche histórico. Ahora tenía elevalunas eléctrico y dirección asistida; cambio automático y aire acondicionado; asientos de piel ajustables y doble foco delantero; sus 345 caballos de siempre y un nuevo radiocasete. Y su esplendorosa estampa alargada, por supuesto.

—¿Tú sabes a cómo está la gasolina hoy día? —dijo Fede con sorna.

Porque el Cadillac chupa combustible como agua un sediento que encuentra un oasis en medio del desierto. Me eché a reír. Tenía una empresa de transportes. Lo sabía muy bien. Era un gran dolor de cabeza.

Estuvimos hablando un rato antes de despedirnos. Hablamos de la situación que atravesaba nuestro país, de la realidad caótica del mundo, pero sin demasiado énfasis, a Fede se le notaba la prisa. «Después de todo, el caos —le dije— es el denominador común».

—¿Te acuerdas de lo mal que lo pasamos en el 92, cuando mi padre aún vivía? —dijo Fede, y sonrió compungido—. La única diferencia es que entonces tenía poco más de veinte años.

Fede se quedó huérfano antes de cumplir los treinta y heredó la empresa de construcción de su padre. Primero perdió a su madre en un accidente de tráfico. Poco después fue el padre, que, cuando falleció su esposa, dejó de tomar la medicación prescrita para un corazón maltrecho.

—Oye —dijo serio al final—. ¿Te pasa algo con Elena? ¿Va todo bien?

—A Elena no le pasa nada —dije—. Bueno, supongo que lo que le pasa soy yo, ya sabes. Todo lo demás me pasa a mí...

Mi amigo frunció el entrecejo al mirarme y meneó la cabeza a un lado y a otro.

—No la jodas, tío —dijo, y enseguida sonrió—. ¿Adónde vas a ir a fardar con este cacharro?

—Voy sin rumbo, creo que te lo dije. Donde me lleve la música.

Nos miramos, sonreímos, nos abrazamos, y se fue a Málaga en busca de sus tres críos. Los tres tenían partido de fútbol ese día en distintos sitios y a distintas horas. Fede es un hombre dedicado por completo a la familia. Lo admiro, pero también me da miedo.

Cerré la puerta de la nave con la llave que me había entregado y me dije que ya era hora de pasear por las calles del pueblo. Era poco más de mediodía. El sol resplandecía en el cielo y calentaba inmisericorde el asfalto que transitaba. Pensé que encontraría a mi padrino en el Hogar del Jubilado, como antaño lo había hecho tantas veces. Pero no estaba allí. En realidad, los que estaban allí eran otros jubilados distintos a los que saludaba en su día cuando buscaba a mi padrino. Casi todos nos reconocimos, claro, y, como en cualquier pueblo, me preguntaron por toda la familia, por cómo me iba la vida y por otro montón de cosas absurdas. Algunos se sorprendieron de mis dos hijos y de mi aspecto aún juvenil, y yo, con disimulo, me asusté de encontrármelos en aquel lugar, cuando en el pasado, al buscar a Manolo, mi padrino, ellos apenas eran un poco más mayores de lo que yo lo era en ese instante.

«Han pasado veinte años», pensé.

Encontré a Manolo sentado en una mecedora en el porche de su casa, en la entrada sur del pueblo. Mi padrino es uno de los hermanos pequeños de mi abuela. Su matrimonio con Encarna no tuvo descendencia. Primero apadrinaron a mi hermano y después a mí. Y decidieron tomárselo en serio. Con el paso del tiempo, esa decisión se convirtió en algo recíproco.

Manolo ha ido perdiendo visión con el transcurso de los años, y ahora, con ochenta y cuatro, apenas distingue bultos. Percibí su tensión mientras me acercaba.

—¿Qué pasa, ya no te acuerdas de mí? —dije con estruendo, intentando de ese modo que reconociera mi voz.

Manolo se encogió de hombros y me miró sin verme. Sus ojos se entrecerraron y sus manos se aferraron a las patas de la mecedora.

—Joder, pues sí que tienes mala memoria —me reí.

—¡Hombre! —dijo levantándose.

Me buscó para abrazarme. Lo había visto por última vez hacía unos cuatro meses. Siempre ha sido un hombre delgado pero recio. Esa mañana sus huesos se clavaron en mi cuerpo después de mostrarme una sonrisa cadavérica y una espalda encogida. Despedía un fuerte olor a sudor. No pude contener la congoja. Me alegré por una vez de su visión casi nula. Entonces apareció Encarna, mi madrina, una sonrisa cansada ensanchando sus arrugas, y los tres estuvimos hablando durante un buen rato.

—¿Quieres una cerveza, niño? —preguntó Encarna.

—Claro, vamos a bebernos una cervecita, padrino.

Manolo chasqueó la lengua y meneó la cabeza.

—No, hoy no tengo gana —dijo.

Encarna me dirigió una mirada cómplice. Le dediqué una sonrisa. Era la primera vez que mi padrino rechazaba una cerveza si yo estaba dispuesto a beberla.

Hablamos sobre todo de los achaques que a los dos atosigaban, de los seres queridos que ya no estaban y de los que, aun estando, no eran sino una sombra de lo que fueron.

—Niño —me dijo Manolo cuando me iba—. Estoy asustado.

Y, efectivamente, sonrió como un niño asustado.

No supe qué decirle. Nos despedimos con ternura. Nos despedimos con tristeza. Enseguida me invadió el desaliento mientras caminaba presuroso hacia las calles más céntricas del pueblo. Saludé aquí y allá, de modo que, al menos, el pensamiento se entretuvo. Hasta que distinguí a Roberto y a Matías, los únicos amigos de la pandilla de la adolescencia que todavía viven en el pueblo. Bueno, Roberto vive en Zafarraya, el pueblo de su mujer, pero trabaja las tierras que posee en Alfarnate. Estaban tomando una cerveza sentados a una mesa, en la calle, en el bar de Agustín, y sus voces al divisarme alertaron a todo ser vivo en un kilómetro a la redonda. A partir de ahí, vinieron los abrazos, los besos, las palabrotas, en fin, toda la parafernalia juvenil en tíos de más de cuarenta años. Matías nos abandonó a las tres y media de la tarde, tras su quinta cerveza y la tercera llamada de María Victoria, su mujer, al móvil.

Cuando nos quedamos solos, Roberto me miró mucho rato sin dejar de sonreír. Su sonrisa era inconfundible. La había visto muchas veces. Aquel día íbamos a beber hasta que uno de los dos no pudiese más. Apenas habíamos probado bocado y en aquel momento percibí muy bien el amodorramiento que precede al abandono sensorial. El tiempo transcurrió entre cervezas, ron y *whisky*. Más ron y *whisky* que cervezas. Y algún encuentro con lugareños ociosos que nos aliviaba momentáneamente al uno del otro. Y risas. Y abrazos. Y fútbol. Hablamos de lo bueno que era Roberto jugando al fútbol, de su prueba para el Atlético de Madrid, de su renuncia a unos estudios universitarios tras aprobar COU sin problemas, de la incomprensión de su padre, de su fracaso como futbolista profesional, del trabajo en el campo, de su cutis quemado, de las responsabilidades paternas, de la crisis que le hizo dejar el campo y montar un bar, de la crisis de ansiedad que siguió a la crisis del campo y al bar; del derrumbamiento de este último, de la vuelta a las jornadas de sol y tabaco y el consiguiente derrumbamiento moral tras el derrumbamiento económico, de la decepción en forma de rutina.

Para mí, Alfarnate, en mi juventud, fue el tiempo del descubrimiento, de la pasión por vivir, de la incomprensión más absoluta, de la transgresión porque sí, porque así tenía que ser. Caminábamos entonces sobre el filo afilado de un cuchillo con la misma indiferencia con la que un crío corretea desnudo por la arena de una playa. Allí me enamoré por primera vez. Allí me traicionaron por primera vez. Allí eché un polvo por primera vez. Allí conocí el dolor que te viene de dentro. Para Roberto fue algo semejante, pero, mientras que ahora yo lo veía como un reducto contra la angustia, para mi amigo no era más que la angustia definitiva.

Roberto sucumbió antes que yo. Se quedó dormido en una silla a la puerta del Bar Ortiz, a las siete de la mañana, mientras esperábamos a que abriera para tomar un café. Yo estaba lúcido de alguna extraña manera, como si el alcohol hubiese decidido respetar ese día las neuronas y solo se manifestara a través de mis ojos y de mis movimientos. Me tomé el café a las ocho menos cuarto de la mañana. «¿Qué, recordando viejos tiempos?», dijo sardónico el viejo Ortiz al servirme. No contesté.

Arrastré como pude a Roberto hasta la nave donde estaba el Cadillac. Lo metí, también como pude, en el asiento de atrás. Puse el casete. Andrés Calamaro comenzó a cantar. En un momento dado dijo que él era un loco que se había dado cuenta de que el tiempo es muy poco. «A lo mejor resulta mejor así», continuó después. «A lo mejor sí», me dije. Y me quedé dormido.

4

Me contaste que a Enrique Martín Benítcz le encanta follar. Que le gusta mucho follar. Que le gusta tanto follar como le asusta envejecer. Así que cuanto más envejece, cuanto más miedo le causa la perspectiva de la claudicación, más ganas de follar tiene. Es una progresión aritmética y uniforme. Cuantos más años cumple, más ganas de follar atesora. De hecho, follar y retrasar el envejecimiento se han convertido en los pilares donde asienta su idea de vida. Hubo un momento decisivo en su existencia en el que ya todo giró alrededor de esa premisa. Todo cuanto poseía en la vida habría de convertirse en un medio que, de una u otra forma, tendría que consolidar su fin último, su ideal supremo: follar para no envejecer, no envejecer para follar.

Lo cierto es que a Enrique este espíritu lozano de permanente apareamiento le sobrevino alrededor de los treinta y cinco años, o eso me contaste, o eso recuerdo yo que me contaste, y convendremos todos en que a esa edad no se la puede tachar de rancia en los tiempos que vivimos, mucho menos de pusilánime a la hora de yacer con una mujer. Un hombre que con treinta y cinco años no sea capaz de satisfacer plenamente a una mujer no es un hombre. Una mala noche, un desliz, es perdonable. Pero nada más. El tío que con treinta y cinco años no sea capaz de follarse a una mujer como Dios manda, ya se puede dar por perdido. La cuestión es que Enrique Martín Benítez sí era capaz de follarse a una mujer como Dios manda. Por lo menos a ti, en ese aspecto nunca te había defraudado, y ya tenía treinta y nueve años cuando entró en ti por primera vez. Así que el repentino miedo a dejar de ser quien era, esa avidez nunca saciada, solo podía achacarse a la codicia. Simple y pura codicia. A algunos les da por crear una arquitectura económica que derive en las hipotecas basura y el caos financiero. A Enrique le dio por follar, por ahuyentar la vejez el máximo tiempo posible.

Hasta ese momento Enrique nunca había sentido gran inquietud. La vida había sido benévola con él. Era profesor universitario, estaba casado con una mujer inteligente y guapa, tenía una hija preciosa y educada. Había sido atleta de prestigio durante su periplo académico, al igual que Clara, su mujer. Se conocieron en aquella época, y todavía seguía practicando a diario a un alto nivel, aún conservaba en todo su apogeo un físico viril y definido. Porque a Enrique le encantaba gustar. No solo a las mujeres. A todo el mundo, incluso a las mascotas. Y gustaba. Gustaba mucho. Y, por qué no, utilizaba ese privilegio cuando quería. Sobre todo, para follarse aquellos coñitos que de vez en cuando ambicionaba. Clara le dejaba hacer. A ella también le gustaba follar y que se la follasen.

Ocurrió sin embargo que, cierto día, aunque esto sea una especulación mía mientras recuerdo lo que me contabas de él, mientras recuerdo tus recuerdos, Enrique escuchó una conversación entre algunos de sus alumnos en la que se conminaban los unos a los otros a aprovechar la juventud de la que disfrutaban para tirarse todo aquello que se dejase tirar. Y es que, elucubraron, a partir de, digamos, los treinta y cinco o cuarenta años, la cosa decaería sin remedio. En un primer momento, Enrique sonrió condescendiente y le asaltó el impulso de explicarles a aquellos mozalbetes que no, que era todo lo contrario, pero después se dijo que ellos mismos lo descubrirían con el transcurso del tiempo. Sin embargo, aquella conversación trivial se convirtió en un pensamiento recurrente. Enrique empezó a observar a los hombres de su edad y a los que le superaban en unos cinco o diez años. Empezó a observarse cada día en el espejo. Primero el rostro. Después cada parte de su cuerpo. Empezó a mirar fotos antiguas, de sus dieciséis, veinte, veintiséis, treinta años. Empezó a tener miedo. Empezó a querer follar a todas horas, a cada momento. Y utilizó todo para conseguirlo. A su mujer, a sus alumnas, a sus amigos, a sus compañeros y compañeras de atletismo, a sus familiares, incluso a su propia hija. Porque gracias a su hija, tu gran amiga, la vida quiso regalarle tu inocente ímpetu juvenil. Y desde entonces y durante ocho maravillosos años, te convertiste en su ángel. Y también en su herramienta más preciada.

El demonio, era de esperar, volvía a adelantarse en la misma curva de siempre a nuestro querido, humano y desdichado Señor.

5

Estoy en marcha, cielo. Por fin. Nunca me ha gustado decir cielo ni cariño ni nada parecido. Supongo que son los daños colaterales de nuestra relación. Nuestra relación. En fin. Son las ocho de la tarde, he dejado atrás Granada y su provincia y ahora conduzco por la RM-2 cerca de Torre Pacheco, en Murcia. El cielo celeste se está oscureciendo, de modo que las sombras en ciernes buscan con avidez la claridad que se divisa a lo lejos.

Siempre me ha gustado estar en marcha, dejarme llevar mientras escucho música y mi mente avanza dejándose llevar también, buscando engarzar los eslabones caídos de una vida que se difumina poco a poco, igual que este cielo celeste.

¿Sabes? Creo que todo empezó en la adolescencia, cuando mi padre, para hacer de mí un hombre, para que entendiera de qué iba la vida, para que mi carácter se forjase en hierro fundido, me llevaba en vacaciones a trabajar con él en el camión. Porque mi padre pensaba que solo conociendo de primera mano la dureza uno sería capaz de evitarla. Uno, a partir de entonces, haría todo lo posible por alejarse de ella. Aún hoy día no sé si tenía razón. Creo que no, la verdad. Lo extraño es que probablemente aquella decisión de mi padre sea la causa de mi tendencia a estar siempre en marcha, siempre alejándome no sé muy bien de qué, acaso de uno mismo.

Entonces, a los dieciséis, diecisiete años, solo conducía en las contadas ocasiones en las que mi padre ejercía de instructor y tanteaba mi pericia al volante dentro de la fábrica donde cargábamos o en carreteras secundarias poco transitadas y kilométricamente rectas. No fue un buen instructor. Nunca lo ha sido. No creo que yo fuera un buen alumno. La cuestión es que ya entonces mi cabeza volaba desde la cabina del camión a un mundo hecho a mi medida, un mundo posible al que me aferraba arrullado por el traqueteo del motor y las dentelladas de los neumáticos sobre el asfalto. La música no siempre estaba presente, solo cuando mi padre accedía a girar el dial y dejábamos atrás las voces cansinas de los tertulianos de mentiras políticas. Siempre ha sido igual. Las mentiras y la política.

En aquella época mi padre solo realizaba rutas cortas. Iba a su destino y volvía en el mismo día. Por eso, muchas veces salíamos de madrugada para llegar a primera hora de la mañana al lugar de la descarga. La sensación de viajar de noche es una sensación de deriva, de soledad, las luces del camión rompiendo la oscuridad que sobre todo se encumbra. Recuerdo también el momento del desayuno como un ritual, desayunos copiosos a los que no estaba acostumbrado, desayunos continentales con huevos y chorizo, desayunos en los que todo cabía. Recuerdo lo feliz que me hacían sentir esos desayunos en bares de carretera, sentado junto a mi padre, sintiendo que, de alguna manera, el mundo era indulgente conmigo. Por supuesto, recuerdo el olor del gasoil que se adentraba perverso y placentero en las fosas nasales, y también los cerdos deambulando por las calles embarradas en Torremocha, un pueblo de Cáceres adonde llegamos un día terrible de lluvia. Y, cómo no, recuerdo las conversaciones con mi padre. Conversaciones acerca de la vida: según papá, no se podía confiar en nadie. El muy cabrón tenía razón. En nadie. Pero él sí lo hizo, sí confió en cuatro malditos que fingieron ayudarle cuando tan solo pensaban en sí mismos, en su propio beneficio. Aún hoy día la empresa se resiente a cada vaivén del mercado gracias a esa ayuda prestada. Pero él nunca lo reconocerá. Jamás pedirá perdón. Ni siquiera querrá hablar de ello. Autismo emocional en todo su apogeo. Porque lo que no recuerdo es una sola palabra de cariño que saliera de sus labios. Ni una sola. Ni un «te quiero», ni un «lo has hecho bien», nada de nada. Mi padre me quiere, no lo dudo, pero su amor, ahora caigo, es ese camión en movimiento al que siempre quiero subirme sin saber muy bien por qué.

6

«Pura eres como la nieve, sonrió el poeta», te decía divertido mientras acariciaba el vello de tus brazos.

«En agua te ahogarás, se carcajeó su musa», me decías tú riéndote a un palmo de mi boca.

¿Te acuerdas de nuestros juegos? Lo tenías muy claro, ¿verdad?

El agua, efectivamente, me ahogó, así que escucha ahora el murmullo del mar mientras mis pasos se alejan de ti.

7

Una mañana te levantas y lo primero que haces es mirar hacia atrás. Luego te observas en el espejo del cuarto de baño y miras hacia adelante, y, en ese tránsito entre lo que ya es definitivo y lo que aún está por suceder, pasas de la estupefacción al vértigo mientras el tiempo estalla a tu alrededor. Porque el tiempo es, precisamente, un ladrón irredento que no ceja en su empeño cruel de convertirlo todo en pasado mientras acota, a cada paso en el camino, sin vacilar, las opciones de lo que aún está por venir. Algo así como el Estado hace con los ciudadanos, el tiempo lo hace con cada uno de los seres de este mundo. Embaucadoras promesas que anestesian cualquier ímpetu rebelde. Presión fiscal a cambio de tinto de verano en el chiringuito, por ejemplo. Preciosos sueños en camas mullidas a cambio de colmenas disciplinadas y productivas, también. Insecticida de marca blanca a cambio de volar errático dentro de las colmenas. Una muerte digna, en el mejor de los casos, a cambio de un sacrificio estéril. Vale, vale, que sí, por supuesto, que cada uno es cómplice, juez y parte. Con el tiempo y con el Estado. Aquí no buscamos excusas. Aquí tan solo buscamos el castigo más indulgente, un sillón mullido que no nos cause tormento mientras practicamos la impostura más eficiente y consensuada.

Cuando constaté que el extravío de la existencia no era para nada coyuntural, una vez fui consciente del dolor que le acompaña, del abismo vacío donde podías precipitarte, me dediqué a lo largo de los últimos años, antes de tu llegada, a construir una coraza impermeable que luego modelé a mi antojo. Y, si no cómodo, sí me encontraba seguro allí dentro. Entonces llegaste caminando como una princesa, sonriéndome, atravesando mi mirada con tu mirada desesperada, metiéndote en lo más recóndito de mis entrañas, y, en apenas dos meses, con una facilidad espeluznante, hiciste saltar el trabajo de tantos años en mil pedazos. Tan estruendosa fue la detonación subsiguiente que la aceleración y el ritmo de mi corazón aún continúan una frenética carrera en pos de algo, cualquier cosa, que no acaban de encontrar. Quizá un piano titánico, quizá una batería indestructible, quizá una guitarra avasalladora. Quizá tan solo un sol resplandeciente. Pero qué más da.

Te acercaste a mí una mañana de mayo. Acabábamos de dejar a los críos en el colegio y yo iba a subir en el coche. Utilizaste una excusa muy seria. Estabas nerviosa. Yo te escuché muy serio y muy nervioso también, y me pregunté, al percibir los latidos furiosos de mi corazón, por qué demonios lo estaba si ya sabía que en algún momento ocurriría. Lo sabía desde la última fiesta de Navidad del colegio, cuando nuestras miradas se buscaron sin disimulo. Y después siguieron haciéndolo intermitentemente hasta ese día en el que diste el primer paso. Me entregaste una tarjeta cuando se acercaba una mamá a la que conocíamos y la conversación debía concluir sin nada más. Olga Clarke. *Photographer*. Y un número de teléfono. Vi cómo te alejabas mientras acariciaba suavemente la tarjeta. Observé tu figura pequeña pero bien proporcionada, tu larga y frondosa melena rubia que caía acompasada sobre la espalda erguida. Volviste el rostro y tus labios delgados esbozaron una sonrisa de niña pícara y tímida mientras tus ojos azules y tristes parecieron mirarme cómplices desde la abertura descarada de tus fosas nasales. Te vi alejarte embutida en unos vaqueros que apretaban tu trasero como dos medias lunas superpuestas. Me encantó cómo caminabas. Me encantó ese trasero que se alejaba inmisericorde a cada paso grácil y atlético. Me encantó la entonación alegre y despreocupada que imprimiste a tus palabras al despedirte.

Al día siguiente cogiste mis manos entre tus manos y me dijiste lo bonitas que te parecían. Y pocos días más tarde, mientras te seguía en el coche, bajaste del tuyo en una intersección donde debíamos separarnos, me sonreíste dulce, melancólicamente, me tiraste un beso y dibujaste con los dedos las letras TQ. Y a mí, sí, a mí se me encogió el corazón.

Lo sé, soy un estúpido, pero cada historia se vive desde dentro. Y desde dentro, así fue, todo se elevó hacia el cielo, hacia un cielo tan luminoso como cegador. Un cielo que pronto se cargó de tormentas, es verdad, de rayos y truenos, pero todavía no, aún no.

En aquel momento, como ahora mismo, como siempre, el país, el mundo, el planeta, todo se estaba yendo a la mierda. Mi empresa pasaba por serias dificultades económicas que amenazaban mi patrimonio personal, el futuro de mis hijos, y tú me regalabas una vía de escape, un rincón donde esconderme. Así de sencillo. Pero resultó que tus demonios eran más fuertes que mi entusiasmo. Me regalaste una concentración de momentos inolvidables, eso sí, una alegría envolvente, es verdad. A veces pienso que te regalaste a ti misma, y eso es un acto de tanta generosidad, de tanta exigencia, que resulta extremadamente difícil dotarlo de continuidad. Durante dos meses conocí a la Olga más espontánea, una niña con una flor en la mano, y a la Olga huidiza, exasperante hasta el paroxismo, pero creo que no supe manejarme con ninguna de las dos. Estaba la Olga que te miraba a los ojos mientras decía que masticaba el miedo, y estaba la Olga que contestaba café con leche cuando indagaba en sus motivaciones. Estaba la Olga de las estrellas y estaba la Olga del diván, cuando las estrellas devenían en tinieblas y se oscurecía de repente toda la luz que irradia la esperanza, cuando me dejabas como ahora, sin salida de emergencia, sostenido en la cuerda de esparto que no lleva a ninguna parte.

8

Estoy escuchando *Tunnel of Love* en directo en el estadio de Wembley, en Londres, en 1985. Unos dieciséis minutos de pura música. Un solo exultante de Mark Knopfler en un final infinito. El alma, el corazón, la piel, todo se eriza con los acordes del piano, del bajo, de esa guitarra soñadora. Entonces diviso el cartel de neón que ilumina el club de carretera. Un cartel de neón de color rosa. Club Delfín.

Le doy al intermitente y al cabo de un minuto aparco en la explanada que se extiende frente a la puerta principal. Aún no hay muchos vehículos. Son las once de la noche, una hora temprana para la clase de alimento que uno va a buscar allí. Tengo hambre. He conducido sin parar desde las seis de la tarde. Me bajo del Cadillac, abro el maletero, hurgo dentro de la pequeña maleta que llevo conmigo y me meto en uno de los bolsillos del pantalón las braguitas blancas que tú me regalaste. Después entro en el club. En el Club Delfín con su neón rosado y su tristeza blanca como la luna que esta noche apenas resplandece.

El Club Delfín es como cualquier otro club de carretera. Oscuro, ruidoso, sórdido. El aroma a perfume barato mezclado con el del sudor agrio. Llegas allí y el tiempo se detiene. Entras allí y te sientes un poco más sucio. Cuando sales, lo haces apesadumbrado, pero también aliviado en cierta manera.

Me siento en un taburete aislado y pido una cerveza. Hay que engañar al estómago, así que me la bebo en dos tragos y pido otra.

—Sí que tienes sed.

Eso me lo dice una morena menuda y fea que es la primera en acercarse.

—Es que ahora me apetece beber —sonrío—. A solas.

La diminuta morena va a decir algo más, pero mi mirada la hace cambiar de opinión. Tras ella lo intentan dos más. Una mulata muy guapa y una cuarentona con los ojos cansados. Después ya nadie se acerca. Enciendo un cigarrillo y me giro en el taburete hacia la pista de baile y los reservados.

—Aquí no se puede fumar —me dice el camarero en la oreja.

Me giro otra vez y lo miro. En realidad, no sé cómo lo hago, pero sí sé que ahora no tengo ganas de bronca.

—No jodas —digo, y guiño un ojo.

El camarero me sostiene la mirada mucho rato. Después se aleja. Vuelvo a girarme. Miro alrededor. Siempre es más o menos igual. Siete u ocho vecinos de los pueblos de alrededor, algún camionero desesperado y, en este caso concreto, yo. Las chicas saltan de uno a otro y algunas veces bailan. La música no tiene nada que ver con *Tunnel of Love*, por supuesto. Lo que suena es Mark Anthony, Bisbal y cosas así.

Una rubia que tiene tu mismo pelo aparece por la puerta del fondo, la que conduce a las habitaciones. Se queda un rato inmóvil, acostumbrando la vista a la penumbra y las luces que destellan. Luego observa en derredor, me ve, detiene su mirada en la mía y camina con decisión hacia mí. Con decisión, pero sin tu gracia. Nadie tiene tu gracia.

—Estás muy solo —me dice.

Tiene tu mismo pelo, pero nada más. Es más alta que tú, el pecho más generoso y la cintura más estrecha. La cojo de la mano y hago que se gire. Tiene un buen culo, redondo y prieto, enfundado en unos *leggins* de color rojo. Su rostro es alegre, la frente estrecha, enmarcada entre dos mechones en forma de media luna. La sonrisa, sin embargo, no es nada alegre.

En la habitación a la que me lleva, después de ducharnos, mientras me seco con la toalla, acerca su boca a mi polla, pero yo la detengo.

—No, no me la chupes —le digo. Ella me mira extrañada—. Es una manía, cielo, no te preocupes.

La atraigo hacia mí y la miro directamente a los ojos. Espero un instante para que sepa lo que quiero hacer. Ella me besa. Eso me gusta. Me besa con ganas. Me besa más que tú.

—Qué dulce... —susurra, y me conduce a la cama, que antes ha cubierto con una sábana áspera que ha sacado de una bolsa precintada.

—Espera —digo.

Voy hasta mis pantalones y saco las braguitas blancas.

—Por favor, póntelas —digo.

Ella me mira cachonda.

—¿Otra manía, papi? —sonríe mientras se las pone—. Son diminutas.

Le quedan muy bien. Le pido que deje la luz muy tenue y que se suelte el pelo. Nos tumbamos en la cama, uno al lado del otro. Nos besamos. Ella me mira extrañada, pero me besa con más ganas que antes. Mis dedos separan la tela blanca de las braguitas y se ponen a trabajar el clítoris un buen rato. Su cuerpo empieza a convulsionar, pero su boca sigue en mi boca. Después le meto dos dedos y los muevo allí dentro a mi antojo. Se corre entre espasmos abdominales, la boca abierta y los ojos cerrados, la boca abierta buscando mi boca. La dejo así y cojo una de las cervezas que me he subido y me la bebo de un trago. Después enciendo un porro. Ella me mira recostada en el respaldo de la cama, yo estoy sentado en el borde y le ofrezco mi lado izquierdo, no sé si será mi mejor lado, pero ahora me da igual.

—¿Has sido tú quién me ha pagado, guapo, o fui yo? —dice sonriéndome mucho.

Ahora sí. Ahora su sonrisa es alegre. Una sonrisa fantástica en mi opinión. En el hilo musical está sonando una canción que me gusta mucho. Está sonando *Mr. Jones*, de los Counting Crows. Abro otra cerveza, le ofrezco una a ella, bebemos un trago y me pongo a bailar mientras la miro y con mis manos le digo que venga a mí, que baile también. Así que ahora los dos estamos bailando en la habitación, desnudos, bebiendo cerveza y fumando un porro, y tus bragas blancas relucen en la penumbra, y mi polla se pone dura, y apago el porro, y terminamos la cerveza, y ella me rodea el cuello con sus brazos y me besa otra vez y me sonríe otra vez y me dice:

—Deja que te la chupe, papi, deja que me la meta todita en la boca.

Río a carcajadas porque su cara se ha dulcificado tanto que ahora parece una mujer distinta, ahora parece que fueras tú.

—No, cielo —digo—. Ponte a cuatro patas en la cama, verás lo bien que lo vamos a pasar.

Me obedece sin rechistar y, cuando ya está en posición, me mira de soslayo mientras mueve suavemente las nalgas. Tiene un buen culo, en serio. Y unas piernas bonitas. Vuelvo a separar la tela blanca de las braguitas. Esta vez es mi lengua la que se pone manos a la obra. Primero con sus labios y su clítoris y después penetrando en su interior, y cuando ya está chorreando y gimiendo, me concentro en el ojete, se lo ensalivo a conciencia, y a ella parece que le gusta porque sigue gimiendo, retorciéndose y agarrándome el cabello. Entonces la cojo por las manos, me inclino, la beso y le digo «Voy a metértela por ahí, ¿vale?», y ella asiente. Se la meto, primero muy poco a poco hasta que el orificio se dilata, después cada vez con más fuerza. La obligo a tumbarse en la cama, y entonces me muevo a conciencia, brusco, y sus gemidos ahora suenan a dolor y me dice: «No tan fuerte, papi», pero yo sigo empujando con toda la violencia de la que soy capaz, y al final me corro mientras desgarro la tela de las braguitas blancas.

Lisboa nunca nos esperó, amor, ya lo sabes, así que por qué demonios voy a portarme bien.

Cojo otra cerveza y enciendo otro porro. Ella se recuesta en la cama. Me mira como antes de subir a la habitación. Me mira con su cara alegre y su mirada dolorida. Me mira desde alguna parte de la infancia. El tanga le cuelga ahora del pubis.

—¿Qué te ha hecho esa mujer? —dice.

La miro. Es lista. Como tú. Pienso en su pregunta durante un buen rato, mientras termino la cerveza y apuro las últimas caladas del porro.

—Nada —digo—. Eso es lo que ha hecho. Nada.

9

And all I do is miss you and the way we used to be.
All I do is keep the beat the bad company.
All I do is kiss you through the bars of Orion.
Juliet I'd do the stars with you any time...

Dire Straits, esa canción de Dire Straits, suena una y otra vez en el Cadillac porque yo rebobino una y otra vez la cinta donde el sonido está grabado. Una y otra vez, Olga, tu imagen se me viene a la memoria, pero no es la misma imagen, no, sino un sinfín de ellas. Una y otra vez imágenes de tus distintas sonrisas, de tus distintos mohines, imágenes distintas de tus distintas miradas. Miradas doloridas, miradas de niña perdida. Una y otra vez imágenes desenfocadas de tus distintos estados de ánimo, de tu energía sin freno, de tu entusiasmo pegadizo, de tu amor volcánico, ese que me enamoró como un loco, como un niño que, de repente, se ha quedado solo en el parque y mira temeroso cuanto le rodea. Una y otra vez imágenes perdidas de tu llanto sin consuelo, el mismo que ahora se adentra como un parásito sin escrúpulos dentro de mi carne, tu llanto escupiendo lágrimas que se elevan en mi cielo y se quedan allí, suspendidas, mirándome. Una y otra vez imágenes de tus piernas al desplazarse, saltando, ingrávidas, recordándonos a todos de donde viniste, ese reino perdido en el universo, ese reino universal al que solo de vez en cuando me permitiste acompañarte. Una y otra vez vuelven las imágenes de las diferentes heridas que has dejado en mí, en mi lado salvaje y en mi lado vulnerable también. Imágenes de ti, encanto, una y otra vez. Imágenes disfrazadas en este mundo de carnaval. Imágenes que no se van a materializar nunca más. Nunca más.

10

Cuando Clara, tu amiga del alma, se enteró de lo vuestro, de la relación que mantenías con su padre, se carcajeó durante un buen rato. Me contaste que se lo explicaste una tarde de sábado en una cafetería mientras tomabais una merienda. Tú, al menos en apariencia, estabas muy serena, como siempre que tienes que comunicar una decisión inflexible, hasta fría me atrevería a decir, aunque yo no pude verte. Así que ella rio con ganas lo que interpretó como una broma. Después, cuando le aseguraste que, en realidad, no era ninguna broma, Clara te pidió un tanto enojada que parases, que ya no le hacía gracia. Y, tras otra aseveración por tu parte, mientras la angustia alteraba sus facciones, cuando tú intentabas que entendiera, ella se levantó de un salto y te soltó un bofetón. El tímpano de tu oído derecho comenzó a pitar y notaste cómo se te encendía el rostro cuando Clara te agarró por el pelo. Un camarero y un par de clientes consiguieron quitártela de encima. La cafetería se había quedado en silencio y solo se escuchaban los gritos de Clara y los intentos de tus defensores por calmarla. Te pusiste a llorar y la miraste con tristeza, decepcionada y perpleja por su reacción. Saliste de allí sin mirar atrás, dolorida, pensando que el tiempo suavizaría la situación.

Nunca más volvió a hablarte, nunca más quiso verte, siempre te eludió, incluso en las contadas ocasiones en las que el azar os reunió en el tiempo y en el espacio. Nunca más te miró a los ojos a pesar de los ocho años en los que fuiste la pareja de su padre, al que, de todas formas, trató de la misma manera. Porque su padre, en el mismo momento en el que ella te escuchaba, le estaba diciendo a la otra Clara, a su madre, que iba a abandonarla y que se iba a vivir con un nuevo amor, que el tiempo era demasiado escaso como para detenerse ante las convenciones o el subterfugio de la conciencia.

Enrique ya había alquilado un piso de dos habitaciones en una urbanización del Cerrado de Calderón, y allí os trasladasteis esa misma noche. No te despediste de tu familia. Tan solo abrazaste muy fuerte a tu padre cuando saliste de su casa. Él te miró inquisitivo y divertido. «Ten cuidado y no llegues muy tarde», te dijo.

Me explicaste que, seis días después, cansada, llegaste a tu nueva casa. Era tu cumpleaños. Cumplías diecinueve. Una edad estupenda. Estabas cansada pero contenta. Volvías a una casa donde te esperaba el hombre al que amabas, en cierto modo volvías a ese hogar que tanto habías deseado. Era el primer cumpleaños que pasabas bajo ese techo. El hombre al que amabas había prometido sorprenderte en un día tan especial. Estabas cansada y contenta y ahora también excitada por ese motivo.

—¡Feliz cumpleaños!

Enrique apareció sonriente en la puerta de la cocina. Te quedaste más sorprendida de lo que habías imaginado. A su lado estaba Felipe, su mejor amigo. Los dos, al unísono, te habían felicitado.

—¡Holaaaaaa! —gritaste—. ¿Qué tal?

Corriste hacia Enrique para disimular la turbación y te echaste en sus brazos. Su abrazo fue cálido, fuerte. Se inclinó y te besó en los labios. Felipe os abrazó a los dos mientras os besabais y tú te pusiste tensa. Miraste a Enrique y después a Felipe y él intentó besarte. Tú te revolviste, te soltaste del doble abrazo.

—¿Qué pasa? —dijiste. Te temblaba un poco la voz.
—Cielo… —Enrique te sonreía mucho—, es tu regalo de cumpleaños.
—¿Regalo de cumpleaños? —No entendías nada—. ¿Qué dices?

El hombre al que amabas te miraba impaciente, dulce, te miraba desde su inmensa atalaya.

—No me vengas ahora con remilgos, nena… Ya lo habíamos hablado. Me confesaste que te excitaba muchísimo la idea de acostarte con dos hombres.

Miraste congelada a Enrique. «Dios mío —pensaste—, ¿qué está haciendo? ¿Esta es mi sorpresa especial?».

—Felipe es un gran amigo. Es un hombre guapo, tú me lo has dicho. Quiero… Queremos complacerte.

«Felipe es un hombre guapo y tiene treinta y siete años y está casado y tiene dos hijos. Sí, tú también estabas casado, lo sé, y tienes treinta y nueve años y tienes una hija, Enrique, pero es que estoy enamorada de ti». Pensaste todo eso con tristeza y después te acercaste a Felipe y comenzaste a besarlo. Él te agarró el culo con las dos manos y te metió la lengua hasta el fondo. Te follaron los dos en el salón, sobre el sofá, y después también lo hicieron en la cama donde dormías con Enrique. Te corriste un par de veces. Lloraste mucho después, en el cuarto de baño, sola. Felipe había regresado con su mujer y sus hijos. Enrique roncaba en la cama.

Sí, es verdad, los sueños se acaban demasiado pronto.

11

Camino sobre los mismos pasos de ayer, los mismos pasos que recorrí el día antes de ayer, pero siempre llego a un lugar diferente en el que todo me resulta conocido.

> *We're just two lost souls*
> *swimming in a fish bowl,*
> *year after year,*
> *running over the same old ground.*
> *What have we found?*
> *The same old fears.*

12

Es de noche otra vez. Acabo de llegar a Valencia y me he alojado en un hotel de tres estrellas bastante decente. Estoy cansado. Hoy no he hecho otra cosa más que conducir en círculos hasta llegar aquí. Quizá no quería desprenderme del paisaje que estaba recorriendo. En realidad, transitar en círculos quizá sea lo único que podamos hacer.

La mañana empezó con una resaca terrible. Una resaca de campeonato. Por eso conducía despacio por una carretera secundaria de Murcia intentando en la medida de lo posible que el Cadillac circulase entre las dos líneas que le correspondían sobre el asfalto. El paisaje árido que me rodeaba, los increíbles *badlands* españoles, me transportaba de alguna gozosa manera a otros ámbitos mucho más lejanos, aquellos en los que reinaban los héroes de mi niñez. Había puesto Radio Nacional y estaban hablando de un tal Korczak Ziolkowski y también de su familia. Me había llamado la atención porque estaban hablando de los indios siux. De repente, el paisaje y las palabras de la radio se armonizaban en mi mente proyectando en la imaginación secuencias legendarias que aún perduran en mi alma. Pero el deslumbramiento apenas duró. El tipo en cuestión, el tal Korczak, por lo visto, había quedado hechizado con la figura del gran Caballo Loco, el líder de los siux oglala durante la época de la última resistencia bélica a la expansión estadounidense, allá por 1866, hasta el día en que murió cosido a bayonetazos en su confinamiento de Fort Robinson, el 5 de septiembre de 1877, con apenas treinta y cuatro o treinta y cinco años. Pues bien, el tío este, Korczak Ziolkowski, muerto en 1982, decidió alrededor de 1950 emplear todo el tiempo que aún le concedía la vida en la construcción de una efigie a caballo del jefe siux en las Colinas Negras, en Dakota del Sur, territorio sagrado de esta tribu. Incluso contó con la anuencia de los líderes oglalas del momento. En su delirio, Ziolkowski quería que su homenaje al pueblo indio eclipsara la estrambótica representación facial de los presidentes estadounidenses del monte Rushmore.

Esta mañana, tras escuchar la historia, paré el coche en un ensanche de la carretera, cogí el móvil y busqué referencias del amigo Ziolkowski en Internet. Cuando murió, su esposa Ruth y alguno de sus hijos —pues, a pesar de tan arduo empeño, el tío tuvo tiempo para procrear y rodearse de una tupida prole— habían continuado el sueño estúpido y rimbombante de Korczak. Leí que utilizaron dinamita para romper la montaña. De hecho, el rostro de la futura imagen ya era reconocible en las últimas fotos que se publicaron sobre el asunto.

Se me revolvió el estómago. No pude evitarlo. Si Tasunka Witko —literalmente, «su caballo es loco»—, verdadero nombre de aquel gran hombre, supiese lo que estaban haciéndole a sus montañas, cogería sin dudar el *tomahawk*, abriría la tumba de Korczak Ziolkowski y le reventaría el cráneo. En realidad, Tasunka Witko reventaría el cráneo de todos aquellos hijoputas que han levantado catedrales, palacios, pirámides, rascacielos, moáis y demás barbaridades en nombre de Dios, el rey, Ra, o la santísima polla. Porque para Tasunka Witko, que jamás se dejó fotografiar, nuestro entorno era Dios mismo, y todos estos disparates, todos estos actos de arrogancia y vanidad, representaban el mayor de los sacrilegios. Y es que él había visto con sus propios ojos la clase de locura que dogmatiza nuestro progreso. También yo la he visto. He visto con mis propios ojos los monumentos que en mi país levantaron los distintos pueblos que lo han habitado por las nobles causas que se inventaron. He visto con mis propios ojos los monumentos que los incas, los mayas, los aztecas, los emires que dominaron y dominan Marruecos levantaron por las nobles causas que se inventaron. He visto en imágenes las pirámides de Egipto, los moáis de la isla de Pascua, la torre Eiffel, la estatua de la Libertad, el Taj Mahal. He visto Las Vegas y he jugado en sus casinos monumento. He visto Roma y todas sus fastuosas y decrépitas ruinas. He visto la mentira convertida en arte. Y sí, es emocionante, es hermosa, es conmovedora, es deslumbrante. Es la prueba palpable de la codicia y el ego desorbitado que mueve y moverá el engranaje de las distintas civilizaciones que han poblado el planeta Tierra. También he visto a esclavos y a obreros y a desheredados morir mientras construían estas obscenidades y, asimismo, he visto a ricos y poderosos rivalizar con denuedo por una piedra más, una joya más, un metro más, un aplauso más, antes de morir educadamente en sus camas. He visto tanta mierda que a veces no consigo dejar de olerla, qué fastidio.

 Esta mañana, después de parar el coche en el ensanche de la carretera, después de que el estómago se me revolviese, después de blasfemar y encender un porro, metí la cinta de Pink Floyd y apreté el botón de avance hasta que encontré lo que quería. Volví a la carretera. Aún me dolía la cabeza, pero puse el volumen a tope. «¿Piensas que puedes diferenciar el cielo del infierno? —cantaban— *Wish you were here»*. Desearía que estuvieses aquí.

«Desearía que pudieses contemplar nuestras ruinas», susurro ahora en la habitación de este hotel y me acuerdo de nuestra segunda y última pelea.

—¿Por qué me cuentas esto? —preguntaste.

Me habías dicho que tu marido estaba extraño y que creías que sospechaba algo, y yo te había hablado de las consecuencias de la codicia y la arrogancia en el mundo.

—¿El qué? —dije.

—Esta mierda que me has contado.

Estabas furiosa de verdad.

—¿Mierda? —fingí—. ¿De qué hablas? ¿Qué mierda? ¿Acaso te refieres al día en que me comentaste que casarnos sería maravilloso, cielo? ¿Casarnos en Lisboa mediante no sé qué rito? ¿Es eso? ¿O puede que te refieras a que mis ojos te hacen temblar? Creo que lo dijiste hace unos quince días, ¿recuerdas?

—No voy a seguir por ahí —dijiste.

Estabas descompuesta.

—¿Ah, no?

—No, soy una mujer madura que está intentando mantener una conversación coherente.

—¿Sí?... Sí, es verdad, y yo soy un niño que está perdiendo sin remedio esa condición. Un niño que ya no cree en los Reyes Magos ni en Caperucita. Un niño que está harto de escuchar tus excusas y tus vaguedades, tus silencios a conveniencia, tus explosiones que todo lo barren. Un niño que tan solo quiere estar un rato contigo, cielo. Un rato contigo. Nada más. Un niño que no te entiende.

Te fuiste sin decir nada. Como siempre.

13

El MDMA, también conocido como éxtasis, se particulariza por sus efectos entactógenos, esto es, por una sensación subjetiva de apertura emocional e identificación afectiva con el otro. Estas propiedades distintivas pueden estar mediadas por un incremento en los niveles de serotonina y de otros neurotransmisores —principalmente la noradrenalina y, en menor medida, la dopamina— en las sinapsis neuronales. Se ha comprobado que la actividad de la serotonina está relacionada funcionalmente con los estados de ánimo.

Cuando te tomabas un éxtasis, querida Olga, las pupilas se te dilataban tanto que era todo lo que se podía ver en tus ojos, si es que alguien era capaz de seguirlos, pues, muchas veces, cuando intentabas fijar la vista en algún punto concreto, aunque tú no fueras consciente, tus ojos azules devenidos en negros vibraban sin control.

También estaba el asunto de la euforia y el calor y, por supuesto, la sed, la ausencia de sed. Una vez estuviste a punto de deshidratarte porque saliste a correr bajo sus efectos y no bebiste agua durante más de tres horas. Llegaste a casa desfallecida. Y, cómo no, estaba el hecho fundamental de la empatía y la apertura emocional, que era lo que más le gustaba a Enrique. Porque la cuestión esporádica de la mandíbula desencajada sí que representaba un verdadero fastidio, sobre todo cuando te sucedía mientras le chupabas la polla, con lo que le costaba a Enrique que le chuparas la polla. Porque a ti, chuparle la polla a Enrique, cuando te metías uno o dos o tres éxtasis, ya no te parecía tan desagradable. Es más, a veces incluso te gustaba. No digamos si tenías que chuparle la polla a algún desconocido en alguno de vuestros intercambios, o cuando Enrique organizaba una orgía. La pastillita entonces era imprescindible. Bueno, el tarro de las pastillitas. En fin, a lo que iba. Decía que esa exaltación de la afectividad era lo que más le gustaba a Enrique. De hecho, él había sido el que te había hablado de los efectos placenteros y exultantes del éxtasis, él el que te había aconsejado probarlo, él el que te los conseguía. Así es, un tipo de casi cuarenta años introduciendo la afectividad siempre ausente en una chica de menos de veinte años. «Es muy fácil, amor. Yo voy a saber quererte. No te preocupes por tu madre. Nunca más te hará daño. Nunca más sentirás rabia ni vacío en tu interior. Yo seré todo lo que lo ocupe».

De modo que empiezan los acordes de *Angel of Harlem*, la voz de Bono y las trompetas. «Sí, nena, yo seré tu ángel, muévete conmigo, muévete encima de mí, muévete ahora con este tipo que yo quiero moverme con su mujer. Te cegaron, nena, perdiste tu camino, pero aquí estoy yo, un ángel que parece un demonio, un demonio que en realidad es un ángel. Aunque, de todas formas, ¿acaso no es siempre lo mismo?».

Sí, Enrique era un tipo de lo más persuasivo, sobre todo contigo, una chica de lo más receptiva, una chica dolorida que había conseguido alcanzar a su ángel, el hombre del que había estado enamorada desde los catorce años. Porque fue a esa edad cuando conociste al padre de tu amiga Clara, a Enrique, que era tan guapo, tan fuerte, tan simpático, tan tan

tan que no sabías cómo describir la emoción que experimentabas cuando estabas a su lado. La ropa interior se te humedecía, valga con este detalle. Eso sí, tuviste que esperar cinco años para alcanzar lo que tan solo era un deseo adolescente, un sueño de noches en vela. Pero cuando Enrique desató todos sus instintos, cuando comprobó que aquella rubia menuda que fantaseaba despierta junto a su hija sería capaz de materializar lo que para muchos es tan solo una sonrisa de consternación, un disparate que hace vislumbrar los límites inéditos de la vanidad, los límites de la muerte, ya fue todo muy fácil, ya fue cuestión de dejar que las trompetas sonaran en el amplio escenario que componen las ilusiones, la falsa promesa de la inmortalidad.

14

Imaginemos un territorio en donde el principal representante a nivel institucional se va de cuando en cuando a África a cazar elefantes. Imaginemos después a uno de sus yernos, que, prevaliéndose de esa condición, comienza a estafar y defraudar dinero en connivencia con su esposa. Imaginemos que los dirigentes nacionales de dicho territorio, con absoluta desfachatez, se desentienden de sus tareas y permiten que los dirigentes autonómicos y locales esquilmen el erario público en un acto de arrogancia e inmisericordia sin precedentes. Imaginemos a un sindicalista yéndose de vacaciones a Egipto con el dinero que el sindicato percibe en forma de subvenciones. Imaginemos a unas instituciones financieras que manipulan sus resultados y se engañan a sí mismas y a sus clientes, mientras los tipos que las controlan se embolsan indecentes cantidades de dinero. Imaginemos que, finalmente, estas instituciones financieras, ahogadas, no pueden prestar dinero, que es su principal cometido, y los dirigentes públicos se lo terminan prestando gracias a las subidas de impuestos que masacran a los ciudadanos. Imaginemos a muchos de los ciudadanos aplaudiendo a unos y a otros hasta que las palmas de las manos se les encallecen mientras sus hijos se van quedando paulatinamente sin futuro. Imaginemos a otros muchos que, simplemente, no hacen nada. Extrapolemos todo esto a cualquier territorio de cualquier rincón del planeta, cada uno con su propia y vergonzante idiosincrasia, y obtendremos la ecuación infinita desde tiempos inmemoriales: venderse al dinero tan solo alimenta a quien tiene el dinero, a quien lo posee y lo controla y está en condiciones de prestarlo o no. Todo lo demás es mentira.

«Todo arde si le aplicas la chispa adecuada...», Héroes del Silencio lo explican muy bien. Ahora solo hace falta aplicar esa chispa e incendiar este mundo. Eso lo pienso mientras escucho el rugido final de la canción y veo en un cartel de la autopista que me quedan veinticinco kilómetros para llegar a Barcelona, capital hoy día del independentismo radical que ha parido la crisis económica. Después, mientras enciendo un porro, estoy a punto de salirme de la carretera. Un camionero me adelanta pitando salvajemente y yo le saco el dedo corazón por la ventana. A tomar por culo. Esa frase hace que me acuerde otra vez de ti. Me río. Todo está por venir, cielo. Todo ya está sabido. Todo está dentro de mí y todo está dentro de ti.

Después de los saludos y abrazos, la primera cerveza me la tomo en un bar de Esplugues de Llobregat, justo al lado de la sede de la empresa de mi familia catalana. Mi primo Ernesto, que tiene sesenta años, y su hijo Luis, que tiene treinta y ocho, son los únicos que me acompañan. Pedro, el hermano de Luis, que tiene mi edad, se ha quedado en la oficina. Los había visto por última vez hacía diez años. Pedro está triste y avejentado. Está humillado. Su abuelo, un granadino de Baza, había montado una constructora en los años setenta que continuó su padre y que él, con su ambición desmedida en la época tan reciente en la que tener ambición desmedida era la virtud más excelsa, está a punto de ver desaparecer. Lo peor es que no solo desaparecerá la empresa, sino que todo su patrimonio, el de toda la familia, puede verse arrastrado por la fuerza de la onda expansiva.

Qué estúpido mundo este. Cuántos niños más tendrán que ver a sus padres llorar. Cuántos padres llorarán cuando sus hijos ya se hayan ido.

A la tercera cerveza, mi primo Ernesto se va. A la cuarta, Luis y yo también nos vamos. Me lleva a las Ramblas y seguimos bebiendo.

—Me quiero ir de aquí —me dice sonriendo—. No aguanto más. Esto es una puta mierda. Lo único que nos faltaba ahora son los cabrones de los políticos engañándonos también con la independencia.

—La verdad es que pensaba que los catalanes eran un pueblo inteligente —digo—. Pero nadie que sea inteligente puede estar a favor de cualquier tipo de nacionalismo. A no ser que vaya a sacar algún beneficio personal, claro.

—¡Qué coño, primo! Aquí son como borregos, los han adoctrinado desde pequeños. Aquí las instituciones vocean las bravatas de unos y silencian las reflexiones de otros. Me dan ganas de partirle la cabeza a más de uno...

Sonrío. Pido otra cerveza. Estoy perdiendo la cuenta otra vez. Hay un par de chicas hablando en catalán en la mesa de al lado. Una es morena y tiene unos pechos acojonantes, unos pechos que, al compás de su respiración, suben y bajan de una manera muy volátil, así que apuesto lo que sea a que no son de silicona. La otra es rubia y me da la espalda. Pero, por el momento, estoy cansado de rubias, amor.

Observo a la morena con mucha atención hasta que ella interrumpe su conversación y sus ojos, entre curiosos y aburridos, se clavan directamente en mi mirada.

—Perdona la interrupción —digo—. Perdona que te hable en castellano, pero es que soy de Málaga. Estábamos hablando mi primo Luis, que sí es de aquí, y yo del asunto de la independencia. He pensado que quizá os gustaría exponer vuestro punto de vista.

La rubia se vuelve y nos mira con los ojos muy abiertos. No está mal, la verdad, pero sus pechos no son los pechos de la morena. Después se gira otra vez hacia su amiga, que se me ha quedado mirando entre divertida y estupefacta, y que ahora le devuelve la mirada a la rubia.

—¡¿De Málaga, eres de Málaga?! —grita un tipo de unos treinta años que está sentado en la mesa siguiente a la de las dos chicas.

El tipo, con pinta de currante agobiado, con pinta de currante sin curro, se levanta y berrea en catalán mientras se acerca a mí, haciendo caso omiso de la súplica de su acompañante, una chica menuda y pálida, triste, quizá su esposa. Luis le revienta la botella de cerveza en la cabeza y el pobre cae desmayado y ensangrentado al suelo. Todo el bar nos mira. Mi primo Luis mide uno noventa y pesa noventa kilos.

—¡Me cago en Dios! —dice mi primo mirando despacio en todas direcciones.

Me levanto con mucha parsimonia, incrédulo. Busco la mirada de la morena de los pechos volátiles. Le guiño un ojo. Le hago un gesto. Después poso las manos en la espalda de mi primo y los dos salimos de allí. Caminamos deprisa hasta alcanzar una esquina y entonces me paro. No pasa un minuto cuando las dos chicas, la morena y la rubia, salen del bar. Nos ven y caminan en nuestra dirección como antes nosotros lo habíamos hecho, apresuradamente.

—¿Dónde vamos? —dicen.

Sonrío mucho.

—Vayamos a vivir, coño —digo.

Y eso hacemos. Nos vamos. Nos reímos. Nos abrazamos. Nos besamos. Nos limpiamos las lágrimas. Nos asustamos. Nos intercambiamos los vasos de *whisky* y de vodka. Nos peleamos. Nos reconciliamos después. Nos derrumbamos, y luego subimos al avión y volamos. Y, finalmente, mientras suena *Everybody Hurts* en el equipo de música de Luis, «*so, hold on, hold on*», me follo a la morena muy muy despacio, y después derramo mi semen en sus cálidos y generosos pechos.

Me levanto un poco más tarde, cuando ya todos están durmiendo, envuelto en silencio. Los rizos oscuros y revueltos de la chica con la que hace un momento he estado retozando brotan cual pájaro extraviado de la sábana. Cojo la cámara de fotos. Enfoco. Pulso el botón. Clic. «So, hold on, hold on».

15

Me tienes olvidado, como a las flores amarillas los árboles vacíos.

16

Subo al Tibidabo antes de abandonar esta magnífica y ecléctica ciudad que es Barcelona. Aparco el Cadillac junto a una ladera. El pálpito de la urbe, ahí abajo, es inconmensurable, pero también opresivo hoy día. Demasiados veredictos sin contrastar. Demasiadas ambiciones encontradas.

Abro las ventanas, pulso *play* y salgo del coche. Enciendo un cigarrillo. José María Sanz y Sabino Méndez, junto a los Trogloditas, entonan los acordes que tantas vivencias me hacen recordar. Estoy solo junto al Cadillac, pero en realidad me siento muy acompañado. Es más, me siento como un niño que corre raudo hacia su padre. Sonrío. Siempre he querido hacer esto. Siempre he querido subir al Tibidabo y escuchar esta canción y sentir nostalgia y pensar que soy un perdedor de película, quizá el Marlon Brando de *Salvaje*.

«Y no estás tú, nena, no estás tú».

Sí, ya sé, resulta bastante ridículo, pero me gustaría saber qué sientes tú mientras, sentada en la taza del váter, giras la cabeza y ves tu rostro estupefacto en el enorme espejo de este gran cuarto de baño.

17

Me llamaste por teléfono cuando ya todo había acabado, pero yo no lo sabía.

—¿Has visto la película? —dijiste.

No sabía que todo había acabado.

Tu pregunta aludía a *Nuestro hogar*, la película brasileña con final de chiste, la película que me haría entender, que amortiguaría el golpe que se avecinaba.

—Sí —dije.

Me temblaba la voz. Sentía la boca seca. Siempre me he quedado sin saliva cuando hablo contigo. Siempre me ha temblado la voz.

—¿Y bien? —dijiste.

Siempre tienes prisa. Estuve a punto de mandarte al carajo.

—¿Y bien? —repetí—. Verás Olga, lo primero que me viene a la cabeza al recordar la película es el libre albedrío. Sí, el libre albedrío hizo que tú vinieses a mí, cielo, y que yo me entregara a ti. Eso es lo que pienso. Creo que nuestros actos nos definen para siempre.

Te quedaste un momento en silencio. Quizá no era eso lo que esperabas oír.

—Bueno —dijiste después del silencio—. Pero la película también nos habla de nuestras vidas, ¿no?, de su reconstrucción, de aceptarnos como somos, seres de luz, o abandonarnos a lo que se espera de nosotros, y entonces aparecerá lo peor que nos rodea, aparecerá la envidia, la frustración, el deseo, el miedo, la resignación...

—Todo eso, sí —dije sin dejarte continuar—, todo lo que, no lo olvides, también nos define como personas. Vamos a suponer, ¿de acuerdo? —Pero no te dejé contestar—. Supongamos que el amor, al irrumpir de repente en nosotros, nos enfrentó con la reconstrucción de nuestras vidas. ¿Te parece descabellado? —Callé un instante, pero no dijiste nada—. Sin embargo, había otras vidas en juego, y esa circunstancia consiguió bloquearnos. Todo eran prisas, excesos emocionales, cambios de humor repentinos, ansiedad... —Volví a quedarme en silencio. Quería escuchar tu respiración—. Tampoco yo supe manejar esa amalgama de sentimientos, es verdad. Quizá no supimos querernos sin dejar de quererlos. O no supimos intentarlo.

Escuchaba tu respiración al otro lado del auricular, pero no lograba descifrar la cualidad que atesoraba. Te imaginaba agitada, sí, pero ya sabemos que imaginar es elucubrar con la vana esperanza de estar en lo cierto.

—No eres un niño, guapo —dijiste enseguida—. Sabes que nada es eterno. Precisamente la película nos habla de eso. Nos enseña a recomenzar, a superar los dramas y las alegrías con las que nos encontramos en el camino.

Me reí.

—Sí, es verdad —dije—. En ese pastiche de película se nos conmina a planear nuestro futuro, nuestra próxima vida. Perdona por lo de pastiche, querida, pero es que no se me ocurre un calificativo más suave. ¿Planear nuestro futuro? ¿Escribir cómo será? ¿Es eso el libre albedrío? Dime, ¿los niños que mueren cada día son reencarnaciones planificadas, cielo?… Nuestro hogar es nuestra vida, sí, y el amor y el perdón debe regirlo, pero nuestra vida se entrelaza con otras muchas vidas, y solo a algunas se la ofrecemos en su totalidad, solo obsequiamos a algunas vidas con nuestro amor y nuestro perdón, solo a algunas vidas ofrecemos nuestra propia vida, nuestro hogar más profundo. Y, aun así, se nos rechaza, ¿verdad?, y nosotros también rechazamos. André Luiz, el pobre protagonista de esta historia para niños de cuna ha de aceptar que su mujer sea feliz con otro hombre para estar en paz, ¿no es así? Hum, me encanta que veas a mi abuelo, *sugar*, no te confundas, pero no me pidas que yo vea todos tus fantasmas. ¿O acaso crees que ellos nos perdonarían, Olga? ¿Crees que Anthony y Elena nos perdonarían si supiesen que solo nos hemos querido? ¿Somos egoístas por atrevernos a pensarlo?

Volvió a escucharse tu respiración y el silencio, tu respiración agitada en mi imaginación, tu respiración enfadada en las imágenes de mi desvarío.

—Creo que no has entendido nada —dijiste con fastidio.

Alejé el móvil y resoplé angustiado. También me temblaban las piernas en ese momento. Estaba perdiendo el control y no quería hacerlo, me molestaba sobremanera que fueses tú la que manejase mi estado de ánimo.

—Seguramente —dije—. Sí, yo estoy lleno de incertidumbre, mientras que tú pareces henchida de certeza, pero, aun así, no has puesto tu mano sobre mi cabeza, no me has dado palabras de aliento, no me has dicho para reconfortarme: «No te preocupes, entenderás…». Ahora, sin más, quieres que olvide. Pero no puedo olvidarme de todo lo que me has dicho, Olga. No puedo olvidarlo, lo siento. No puedo olvidarme de ti así, sin más. ¿Tú puedes hacerlo?

Colgaste. Qué idiota. Claro que podías.

18

He dejado atrás el desierto de los Monegros y Zaragoza. El Cadillac sonreía mientras atravesaba otro paisaje lunar. Estoy desayunando en una estación de servicio de la autopista AP-2. A través de los ventanales junto a los que me he sentado veo como, afuera, los rayos del sol incendian el Cadillac amarillo. Abro el periódico que he comprado. En Alemania, leo, las empresas, para mitigar la ansiedad que ocasiona el trabajo diario, facilitan a sus empleados un servicio novedoso. El servicio en cuestión consiste en habilitar salas enormes donde estos empleados, en grupo, ejercitan cuerpo y mente en sesiones que recuerdan mucho a la instrucción militar. Durante estas sesiones, los trabajadores son objeto de toda clase de golpes, insultos y vejaciones por parte de los instructores.

Salgo. El cielo, radiante, me recibe con una sonrisa. Fumo lentamente apoyado en el capó del Cadillac, y miro también lentamente a una quinceañera que come un bocadillo despatarrada sobre el peldaño más elevado de las escaleras que conducen al interior. Su falda amarilla se ha aupado hasta las caderas y, cuando me monto en el Cadillac, ella me mira subversiva y abre las piernas. A pesar de mis años, sonrío perplejo. Después cojo la cámara que está en el asiento del copiloto y le hago una foto. Ella abre aún más las piernas y me saca la lengua. Arranco el coche y conecto la radio. En Japón, escucho, las empresas facilitan a sus empleados un servicio novedoso para mitigar la ansiedad que ocasiona el trabajo diario. El servicio en cuestión consiste en habilitar una sala pequeña para que un único trabajador se enfrente cara a cara a una especie de terapeuta, cuya misión consiste en dejarse insultar y agredir físicamente con el objetivo de satisfacer el alma anquilosada del trabajador.

Me bajo otra vez de mi compañero de camino a la una y media de la tarde y vuelvo a estar en una estación de servicio, ahora en la autovía A2. El área de descanso es más pequeña y el edificio donde, por ejemplo, puedes entrar a mear, más convencional. Pido una cerveza y un vaso helado y me acodo en la barra, frente al televisor. En Estados Unidos, veo, las multinacionales, para atenuar el estrés de sus ejecutivos, comenzaron a desarrollar hace algunos años un servicio novedoso que consistía en simular enfrentamientos armados entre combatientes, sustituyendo las balas de verdad por balas de pintura. Este servicio novedoso, el *paintball*, ya democratizado, como tantas otras cosas, se exportó con éxito a otros muchos países, y ahora es una gran fuente de ingresos para un montón de empresas.

—El mundo es una puta locura —me dice un tipo con barba y camiseta sin mangas tras soltar una risotada—. Pero todo este tipo de cosas son reales, ¿sabe? —«Ya estamos otra vez», pienso—. Yo lo compruebo cada día. En los chats, en los foros, la gente desfoga su angustia existencial a base de ofensas y estupideces sin sentido. Del mismo modo, hay muchos programas de televisión a los que la gente acude para, en cierta manera, mitigar su desazón diaria. ¿No está de acuerdo?

Sonrío y bebo cerveza.

—El problema de todo este tipo de situaciones —continúa el barbas, de cuya oreja izquierda cuelga un aro de plata—, es que para la mayoría de las personas que las padecen, las soluciones que se les ofrecen son adecuadas. Son soluciones adecuadas en su opinión. —El tipo me mira con cara de «es increíble, ¿no?»—. Muchas de esas personas ven con buenos ojos las terapias a las que se someten. Ni siquiera se cuestionan cambiar el estado de cosas que provocan o alientan esa ansiedad vital. —El tipo hace muchos aspavientos y muecas mientras habla—. Cómo. Para qué. Nada. Que siga todo igual, después nos damos de hostias y todos tan... ansiosamente contentos —y suelta otra gran risotada.

Vuelvo al Cadillac. Pienso en todo lo visto, oído y leído esta mañana. Pienso en el tipo de la barba, el aro y las risotadas, y la camiseta sin mangas. Pienso en lo que me ha contado. Pienso que me hubiese gustado compartir más cervezas con él. Mientras tanto, mientras pienso, en las islas Andamán, territorio situado en el océano Índico, la tribu más aislada del mundo, seres primitivos en opinión de la mayoría, seres que cazan y recolectan en la selva y pescan en el mar, están siendo hostigados por otros seres mucho más avanzados, mucho más racionales, empresarios y ejecutivos de éxito que, después, para apaciguar el estrés, juegan a la guerra.

19

Puestos a ser sinceros, a veces te imagino como un ángel desplegando las alas. Y a veces no. Depende de quién seas en ese momento allá arriba, en mi imaginación.

Sin embargo, aquí abajo el combustible está por las nubes.
Así que, o nos moja la lluvia, o ya podemos olvidarnos.
El tiempo no nos espera.

20

Miraste a Enrique perpleja y te pusiste furiosa otra vez. Se había arrodillado delante de ti y te estaba suplicando. Viste su calva incipiente, sus arrugas más profundas, su patética sonrisa de conmiseración. Quería que te acostases con aquellos tíos para que así él pudiese jugar a su antojo con la morenita que los acompañaba. Me hubiese gustado estar dentro de tu cabeza en ese momento, pero en aquel entonces ni siquiera sabíamos el uno del otro. Sé que estabas confusa, frenética, aterrada, quizá al borde del precipicio emocional. Eso es lo que me dijiste. Aun así, te acostaste con esos tíos. Era la tercera vez que Enrique te suplicaba lo mismo. Era la tercera vez que accedías a sus súplicas. Al día siguiente cogiste tus cosas y te fuiste. No tenías a dónde ir. Estabas en la calle, era noviembre, las luces de la ciudad matizaban la penumbra envuelta en lluvia de todo lo que te circundaba: edificios, coches, árboles, gente, mucha gente, muy poca gente. Te pusiste a llorar. Después sonreíste. Te secaste las lágrimas y empezaste a caminar. «Después de todo —pensaste—, mañana volverá a salir el sol».

21

¿Cuántas vidas habría que vivir para saber quiénes somos? ¿A cuántas personas deberíamos conocer? ¿Cuántas veces tendríamos que mirarnos al espejo?

Paseo por las calles desconocidas de Madrid y, distante, observo la monótona y frenética actividad de la gente, escucho el ruido del tráfico y de las máquinas que utilizan las empresas de construcción, me cruzo con inmigrantes subsaharianos que se están convirtiendo en parte perenne del paisaje en este lado del mundo. Me detengo y miro el cielo gris de este día caluroso de julio. Me detengo, inconsciente, ante el semáforo en rojo. Entonces me pregunto cuántos semáforos jalonan nuestro incierto deambular. ¿Quién decide dónde colocarlos? ¿Quién decide cuánto tiempo permanecerán anclados en ese color? ¿Quién decide el momento en que nos permitirán continuar el camino estipulado?

Qué preguntas tan estúpidas, ¿no te parece?

En fin, encanto, a las ocho de la tarde decido entrar en un bar de copas y, unas cuantas cervezas después, conozco a Adela. Adela lee mucho a Paulo Coelho. Dice que le entusiasma, que en sus libros ha aprendido lo que significa perseguir un objetivo, lo que implica la consecución del éxito. De hecho, tras esas lecturas, Adela sabe perfectamente cómo ahuyentar los pensamientos negativos de su imaginación, aquellos que solo nos ofuscan, los que frenan sin remedio la culminación de nuestras esperanzas. Acabo de conocerla y me está soltando una perorata imponente mientras bebe el combinado al que la he invitado. «Para alcanzar ese dominio emocional —me dice—, lo más importante es estar seguro de lo que se quiere». Y ella lo está, sabe muy bien cuáles son sus necesidades, qué espacios de su vida conviene saciar. Sí, así es: lo tiene claro.

Adela lleva una serpiente enroscada en la pierna izquierda y un dragón alado en la nalga derecha, y ríe como una niña cuando le chupo el coño. No puede evitarlo. Eso dice. Pensándolo bien, mirando absorto su rostro, quizá no sea más que una niña, aunque su cuerpo rotundo lo desmienta, aunque sus veinticinco años lo refuten.

Adela se hace llamar Amanda y a veces echa de menos Mallorca, la tierra donde nació, el lugar donde ha ocupado la mayor parte de su tiempo. Aunque, como me ha contado, ahora lo tiene claro. Por eso vino a esta ciudad. Pensó que sería desacertado trabajar en Mallorca. Pensó que podría visitarla algún conocido, algún amigo, algún familiar. Pensó, incluso, que podría visitarla su padre. No. Era mejor cambiar de aires. Porque ella sabe muy bien lo que quiere. Y necesita mucho dinero para que no todo se convierta en una quimera, una ilusión, para que su sueño se transforme algún día en una realidad tangible, compacta, duradera. Sí, Paulo Coelho ha conseguido que empiece a caminar, ha sido quien le ha dado fuerzas. En su opinión, es un gran escritor, un gran filósofo. «Dios mío —pienso—, realmente es un alquimista de las emociones este Coelho, un prestidigitador del embaucamiento».

Adela comparte piso con otras dos chicas. El propietario, que regenta en idéntico régimen varios pisos esparcidos por la ciudad, les cobra un alquiler mensual de cuatro mil euros. Adela tan solo sale de allí para comprar comida, provisiones, todo lo demás sería un gasto superfluo, un derroche. Eso sí, los viernes por la noche, como hoy, hace una excepción. Los viernes por la noche, coqueta, se acicala frente al espejo. Después sale a dar una vuelta, sale a divertirse, sale a bailar, sale a beber; realiza más o menos lo que cualquier chica de su edad haría en las mismas circunstancias. Y es que el sábado es su día de descanso.

—Te estás quedando conmigo —digo.

Adela levanta la cabeza. Me mira por encima del miembro erecto.

—No —dice—. En serio. Paulo es magnífico.

Después baja la cabeza y continúa con lo suyo. Yo cierro los ojos y me echo hacia atrás en la cama.

—¿Y cuál es ese sueño para el que necesitas tanto dinero? —le pregunto media hora después, mientras fumamos un cigarrillo el uno tumbado al lado del otro.

Ella me mira sorprendida.

—¿Es que no has leído nunca a Paulo Coelho? —pregunta.

—Ehhh... —titubeo—. En realidad, no. Quizá algún artículo en las revistas.

Adela deja de mirarme. Parece confundida. Da una calada al cigarrillo.

—Vaya —dice—. Deberías leerlo. Así lo sabrías.

La miro de reojo. Su cara de niña me sonríe.

—¿Saber qué? —pregunto entornando los ojos, perplejo, conmovido mientras contemplo la ingenuidad de una chica que está vendiendo su sexo casi a diario.

—Pues qué va a ser, tonto —dice—. Lo que todo el mundo quiere conseguir: ¡la felicidad!

22

Si pudiésemos vernos, a nosotros mismos, en nuestra más absoluta y despreocupada intimidad, como si estuviésemos contemplando un vídeo robado, creo que por lo menos nos resultaría bastante desconcertante, pero sobre todo terrible en su clarividencia. Así pues, el absurdo es ese empeño en encontrar un sentido, un subterfugio a la idea de nosotros mismos.

23

—A veces me siento como una puta —dijiste.

Bajaste la mirada e inclinaste la cabeza. Compusiste el rictus de niña entristecida mientras las aletas de la nariz se te dilataban.

—¿Por qué dices eso?

Incliné, también yo, la cabeza hasta que mis ojos se miraron en los tuyos. La subí sin dejar de mirártelos, y tú sincronizaste el movimiento hasta que estuvimos otra vez de frente.

—Anthony se mata a trabajar y yo no hago nada —dijiste—. Tan solo acompañar al tiempo. No sé, me siento inútil…

Frunciste el gesto. Estabas muy guapa.

—Te ocupas de los niños, de la casa, te ocupas de él, ¿no? No entiendo que pienses eso, no deberías pensarlo.

Me miraste indecisa al principio, una mueca de fastidio después.

—Depender de sus ingresos me hace sentir mal —dijiste—. Es así de simple. Si le exijo ayuda con los niños, si he de comprar algo, no sé, es como si no tuviese refrendo, como si pedirle algo me convirtiera en una frívola.

—Tú misma lo has dicho —encendí un cigarrillo. Sabía que te fastidiaba. Me recreé con el encendedor—. Es así de simple.

—¿Qué quieres decir? —sonabas desairada.

—Pues eso —dije—. Es así de simple. Le pasa a todo el mundo. Quiero decir que toda persona con algo más que sangre corriendo por sus venas, necesita sentirse útil, afirmarse antes de cerrar los ojos al sueño, justificar su existencia diaria con un acto que la dote de sentido. El problema viene cuando a esos actos diarios y rutinarios, pero también necesarios, los despojamos de toda trascendencia. Seguro que muchas personas, muchas mujeres en el mundo, cierran los ojos por las noches sintiéndose justificadas tras un día compuesto por, por ejemplo, avisar a sus hijos para que se levanten por la mañana, llevarlos al colegio, ir a la compra, ir al gimnasio, hacer la comida, recoger a los niños, ayudarles en sus tareas educativas, jugar con ellos, ver la telenovela, ver a Juan Imedio, hacer la merienda, acostar a los niños, cenar con su marido, ver la tele con su marido, irse a dormir mientras su marido ve la televisión, quizá acostarse con él... En fin. Y luego está la otra parte. Seguro que otras muchas no. Otras muchas personas no se sentirán justificadas. Es un problema de carácter. O de ambición, o de expectativas, o de sentimiento, o de decisión. Y conste que en este caso he hablado de mujeres porque tú me has planteado tu fastidio, pero se puede extrapolar a cualquier persona con cualquier ocupación en cualquier lugar del mundo.

Continuabas un tanto desairada, pero también atenta.

—¿Qué clase de persona eres tú? —preguntaste entrecerrando los ojos, inquisitiva otra vez.

Sonreí. Estuve pensando mientras tú sonreías también.

—Pocas veces me voy satisfecho a la cama —dije—. Casi siempre suelo experimentar alivio.

—¿Pocas veces? Cualquiera lo diría, la verdad. Pensaba que eras un hombre muy satisfecho de ti mismo.

—¿De veras? —sonreí otra vez, expulsé el humo frunciendo burlonamente los labios—. Quizá no te has detenido a mirarme.

Chasqueaste la lengua. Meneaste la cabeza. Me hiciste una mueca.

—¿Ves? —dijiste—. Resultas odioso muchas veces. Por lo tanto, debes estar muy satisfecho.

Volviste a hacer una mueca. Cambiaste el tedio por el reproche festivo. Me pasé los dedos por los labios mientras sonreía entre divertido y expectante.

—¿Alivio? —dijiste—. ¿Por qué sientes alivio?

Resoplé. Apagué el cigarrillo.

—No sé —dije—. Quizá porque todo lo que me importa, o lo más esencial, sigue estando ahí, no corre un peligro inminente, de modo que al día siguiente siento que puedo hacerlo mejor, me conmino a acometer todo aquello que quiero para así por las noches cerrar los ojos sintiendo que la plenitud me adormece. —Sonreí mucho—. Pero claro, el día siguiente suele durar muy poco. Quizá es una cuestión de acumulación. O de desidia. O simplemente de imposibilidad.

—Estás hecho un filósofo —dijiste, casi exclamaste, y después reíste—. Así que, o me contento con lo que hago, que igual es mucho, o busco alguna ocupación extra que me llene tanto como para dormir como un bebé por las noches, o me resigno a esta sensación de desánimo aun eligiendo cualquiera de las dos opciones, ¿no?

—Más o menos, sí —seguía sonriendo, ahora incitado también por tu sonrisa, que ya se curvaba húmeda, pizpireta.

—¿Sabes qué? —No lograba acostumbrarme del todo a tus repentinos cambios de ánimo. Ahora se te vislumbraba festiva, traviesa, cuando hace un instante pensabas que eras solo una puta que vivía a costa de su marido, sabe Dios por qué extrañas convicciones lo pensabas; lo de Dios, evidentemente, es una costumbre—. Me has puesto cachonda, tipo insatisfecho.

Y te mordiste la lengua mirándome con deseo.

—¿Sí? ¿Y qué se te ocurre?

Tu mirada se volvió diabólica, maligna y melosa si me permites la contradicción, impaciente.

—¿Follarte en el *jacuzzi* de mi baño? ¿Te parece?

Reí con ganas. «Me siento como una puta», pensé en lo que habías dicho. «Anthony se mata a trabajar», pensé en lo que habías dicho justo después. «Elena se mata a trabajar», pensé yo en ese momento. «Mierda», pensé para finalizar.

—Se me olvidó decirte que hay otro tipo de personas —dije—. Se me olvidó decirte que también hay personas que, en cualquier circunstancia, siempre quieren hacer lo que les viene en gana.

Me levanté.

—¿Vamos? —dije.

Me miraste confusa un instante, una sombra, una duda, pero la desechaste de inmediato, no ibas a volver a rumiar.

—Vamos —dijiste.

Y te levantaste.

24

Esta madrugada he salido de la casa donde me he acostado con Adela, en una calle oscura y desconocida de Madrid y, ¿sabes qué?: poco después me he caído. He sentido un pinchazo terrible en el tobillo y me he dado de bruces contra el suelo. Ahora mismo, en el hotel, mientras lo recuerdo, me embarga una vergüenza introspectiva, una suerte de miscelánea entropía infantil. De hecho, las lágrimas brotan sin control. Lágrimas isotrópicas. Me he caído porque iba dando tumbos por la calle, borracho como una cuba. «Igual —pienso entre divertido y apesadumbrado— algún día aparezco en una bochornosa selección de escenas en YouTube al ritmo del *Burning Love* de Elvis». Bochornosas para los protagonistas, es de esperar. Divertidas, degradantes, estúpidas, insólitas, trucadas, y así hasta que el lenguaje lo permita, para todos aquellos que lleguen a observarlas.

    Necesito encontrar respuestas, eso fue lo que le dije a Elena, pero, si te soy sincero, no creo que vaya a conseguir muchas fumando porros, bebiendo alcohol a destajo y metiendo la polla allá donde me apetezca. Puede que lo que esté haciendo sea huir. ¿Tú qué piensas? Ahora bien, te digo una cosa, esta madrugada, después de caer de bruces y estampar mi rostro contra el duro y sucio suelo, he visto tantas imágenes y acciones en un mismo plano que, quizá solo por eso, haya valido la pena llegar hasta aquí usando todos esos atajos. Es verdad que acaso no sean las respuestas que esperaba o, lo que es peor, tal vez sean la formulación inmaterial de muchas más preguntas, pero lo que es evidente es que, tras el estallido universal originado en el preciso momento en que mi cabeza impactó contra el suelo, mi espíritu ha visto en una fracción de segundo y, repito, en un mismo plano, lo que nunca mis ojos contemplaran por mucho que los traslade de un lado hacia otro.

    He visto una avenida estrecha y alargada que puede verse en todas las ciudades de todos los países del mundo. He visto a dos hombres discutiendo. Los he visto mientras se insultaban, mientras se pegaban. He visto una mujer realmente bella. La piel se ha erizado casi al instante. El espíritu se ha elevado, ha alcanzado una suerte de paz. He visto a dos policías que ponían multas un poco más lejos, mientras los dos hombres de antes, aún a poca distancia, seguían atizándose toda clase de golpes. He visto chicos con la cabeza rapada cabalgando sobre motos ruidosas y menudas, aullando como demonios. He visto tu nombre escrito en una carta, pero no la he abierto. He visto perros meando junto a los árboles, cerveza en los vasos, marihuana, vómitos, una pareja follando en un ascensor. He visto un solo coche, pero también todos los coches del mundo. He visto una gata en celo, ronroneando, mientras la muerte acechaba. He visto prostitutas encharcadas en sangre y, justo al lado, a dos chicos con la cabeza rapada, besándose. He visto a un niño que cogía la mano de su madre y a otro que conducía un coche de juguete. Uno de ellos estaba sonriendo y el otro lloraba. Los dos parecían exhaustos. He visto armas de fuego y disparos en la nuca, he visto un gol magnífico, he visto manifestaciones y balas de goma, he visto de cerca el horror. He visto locura, amor, también ternura. He visto una pareja que paseaba con las manos enlazadas. He visto cómo una polla penetraba un culo: un culo de mujer; un culo de hombre; he visto también culos de niños y de niñas. He visto mítines electorales y hombres jugando a la guerra. He visto aviones, trenes, autobuses, la sonrisa olvidada de mi abuelo. He visto tu cuerpo, en la penumbra, hermoso, apacible, dispuesto a todo. He visto navajas desgarrando la piel, hundiéndose en la carne, arañando. He visto, pero no la he sentido, la felicidad absoluta, y también el desengaño, una puesta de sol, farolas encendidas. He visto el deseo y la vileza, la humillación, el desasosiego, la calma, flores olvidadas en el jarrón. He visto la esperanza, un hombre llorar como un niño, pasteles de nata, caviar, champán, un bote de fabada, una hoguera en mitad del asfalto. He visto desperdicios, las ruinas de toda la civilización, un palacio majestuoso, estadios de fútbol repletos de nada, un televisor en color, negros, blancos, orientales, árabes, he visto incluso los zapatos que usabas cuando eras pequeña. Me he visto sonriendo mientras subía a una moto. He visto cocaína y discotecas y botellas de agua mineral y una familia jugando al parchís. He visto la oscuridad, el rugido de los edificios, el dinero que todo lo llena, supermercados de ilusiones.

He visto días extraños, grutas sin salida, el día de mi muerte. Y sí, a pesar de todo, me ha parecido que llegaba demasiado pronto, mi muerte, sobre todo porque, repito, a pesar de todo, he visto demasiado nada.

25

We're caught in a trap
I can't walk out
Because I love you too much baby

Suena *Suspicious Minds* en la radio del Cadillac. Suena en el dial de la única cadena española de *rock*, al menos eso es lo que ellos dicen. La he sintonizado hace apenas un minuto y ya está aquí Elvis, conmigo. He parado hace un momento en una estación de servicio de la AP-4, dejando atrás Sevilla. Hace un calor de cojones, chica. Cierro los ojos y me arrellano en el asiento. Mi pensamiento se relaja complacido cuando, de repente, unos golpecitos en la ventana difuminan la sonrisa burlona del Rey. Qué fastidio. Giro la cabeza y lo que veo detiene la mueca malhumorada que se apresuraban a componer mis labios. Y lo que veo es una dentadura inmaculada, una sonrisa espléndida, un resplandor azul en la mirada, unos cabellos que rezuman y contagian una alegría juvenil, naranja, el guiño divertido del sol cegándome por completo.

Echo hacia atrás la cabeza y compruebo que es verdad. Parece mentira, pero es verdad. Aquí está ella otra vez con su falda diminuta y su piel bronceada. A veces es verdad. Sin duda.

Bajo la ventanilla.

—¿Qué tal? —dice esta hermosura de… ¿quince años?—. ¡Me encanta esa canción!

Me quedo mirándola. Estoy bloqueado. No sé si sonrío o el rictus de la seriedad me avejenta el rostro. En cualquier caso, ella ensancha aún más los pliegues de sus labios.

—En realidad, ¡me encanta Elvis! ¿Te importa si subo y la escucho contigo?

«¿Cómo? Pero ¿qué me está diciendo esta niña?». La miro sintiendo los ojos muy abiertos y, ahora sí, sonrío sabiendo que lo hago.

—Mejor bajo yo —digo, y le doy aún más volumen a la radio.

Así que salgo del Cadillac empujando suavemente la puerta para no causar daños en esta ricura y me quedo mirándola sin saber qué decir. Me he fumado un porro hace un instante, al parar el coche, y sus efectos empiezan a corretear por mi frente.

—¿Qué edad tienes? —digo.

—Dieciséis.

No sé cómo la miro, creo que a hurtadillas, desconfiado, nervioso, ni durante cuánto tiempo la miro, pero ella menea la cabeza mientras sus labios se arrugan y sus ojos se extravían a cámara lenta. Coqueta y con un mohín de pícaro enfado reproducido a cámara rápida esta vez en ese rostro sereno y aniñado, dice: «¿Acaso no puede gustarme Elvis porque tengo dieciséis años?».

—Puedo gustarte hasta yo, encanto —digo al cabo de unos segundos, sonriendo mucho, sin poder evitarlo, al borde de la carcajada, contagiado de esa espontaneidad maravillosa, esa inocencia extrañamente perversa que, sin remedio, pronto se extinguirá—. Eres la chica de las escaleras de la estación de servicio de Zaragoza —continúo sonriendo—. Eres tú.

—Cualquiera diría que has visto un fantasma —dice hinchando los carrillos y entristeciendo las pupilas—, un monstruo horroroso...

Rio con ganas sin dejar de observarla. Elvis está entonando la última estrofa de la canción, «*oh, you know we're caught in a trap...*». Hace calor, el cielo está muy azul, los coches van y vienen en esta otra estación de servicio de Sevilla. Las personas van y vienen dentro de esos coches. Los sentimientos también van y vienen. En realidad, todo lo hace. Va y viene. Ella baila los últimos acordes imitando los espasmos pélvicos del Rey. Sigo sonriendo mucho. Ya he dicho que no puedo evitarlo. Así es. No puedo dejar de mirar esa danza ardiente y burlona que fue concebida para un público femenino y que esta niña perversa ejecuta para mí.

—Me gusta tu chaleco —dice burlona, ardiente, una bruja inaugural leyéndome los pensamientos.

Lo ha dicho tras un rato en el que, absorto, mi regocijo sensorial persistía cuando su baile improvisado ya había concluido.

Y es que no hay nadie como Elvis.

Me miro el chaleco vaquero. Es lo único que llevo sobre el torso. Observo las gotas de sudor que se deslizan desde el pecho hacia el estómago.

—A mí me gustaron mucho tus bragas —digo maléfico, sin pensar, arrepintiéndome en el mismo momento en el que pronuncio las palabras, queriendo que el arrepentimiento no se diluya—. Estuve pensando mucho tiempo en esas bragas.

Ella se ríe.

—¿Te has masturbado pensando en mis bragas?

Me quedo atónito. Mi hijo mayor tiene ocho años. Siento que nunca he sabido nada acerca de las mujeres. Me asusto.

—¿Dónde están tus padres? —pregunto sobrecogido de verdad, sintiéndome ridículo por experimentar esa angustia—. ¿No crees que lo que haces puede ser muy peligroso para ti?

—¿Tú crees? —Me mira compungida entornando los ojos, actuando—. No enseño mis bragas a todo el mundo, de veras. Tú tienes cara de buena persona. Y llevas un coche chulísimo. Y pensaba que no iba a volver a verte. Y estaba muy aburrida. Mis padres se han empeñado en viajar juntos este verano y, bueno, tenemos gustos diferentes, nada más. De hecho, mi padre acaba de salir del bar y nos está mirando. Voy a darte un beso de despedida. Le diré que eres uno de los profesores de música de la academia. Si no lo has hecho, hazlo por favor. Yo ya lo he hecho. Me he masturbado pensando en ti y me ha gustado mucho. Será nuestro enlace con la eternidad. ¿No te parece bonito?

A estas alturas ya no sé si estoy asustado, nervioso, divertido, horrorizado… Acaso estoy viejo, me digo, quizá es solo eso, quizá la responsabilidad y los escrúpulos sean ahora más fuertes que la curiosidad.

—De acuerdo —me cuesta decirlo, pero lo digo—. Deja que te haga una foto, ¿vale?

—¡Claro!

Y entonces me besa en la mejilla y yo saco la cámara del coche y observo la atenta mirada de un hombre que quizá tenga mi edad mientras ella pone los brazos en jarras y yo aprieto el botón y la cámara hace clic.

26

Lo supe en el despacho. El estómago me ardía y las manos me temblaban. Hacía tanto tiempo que no estaba tan desnudo. Hacía tanto tiempo que había decidido guardarlo todo para mí. Hacía tanto tiempo que ya nada me tocaba, que ya nada podía herirme. Cuando menos te lo esperas. Es lo único que se me ocurre. Cuando ya piensas que todo está controlado. Cuando había empezado a domesticar el corazón.

Pero no. La rabia volvía a estar ahí. Volvía a recordarme quién era: un hombre desnudo frente a sí mismo, frente al espejo que tú has decidido colocar aquí, en este espacio inquieto donde ahora habito.

Lo supe en el despacho. Tenía que haber salido corriendo en ese preciso momento. Pero hice todo lo contrario. Me zambullí alegre en la corriente.

Supe que eras mentira.

¿Te acuerdas de cuando me regalaste esas braguitas blancas, cielo? Me hiciste muy feliz. Me hiciste gritar de alegría. Me hiciste reír de emoción.

Pero ¿adónde se va todo eso, Olga? ¿Adónde se van esas emociones, tu sonrisa, mi agitación, las palabras? Te lo diré. Te diré a dónde van. Van al mismísimo centro del alma, encanto. Van al cielo después de morir y se quedan allí, con los ángeles y tus seres de luz, con los dioses, observándonos, mirándonos con indulgencia, abochornándose con nuestra ingenua insolencia, nuestro arrojo cruel, nuestra cobardía sin límites.

«No quiero que nadie sufra en esta historia», me dijiste. ¿Te acuerdas? «Anthony no se lo merece —continuaste—, y mis hijos, mataría por mis hijos».

«No quiero que nadie sufra en esta historia». Qué arrogancia, ¿verdad? ¿Cuánto has sufrido tú, cielo? ¿Cuánto lo he hecho yo? ¿Cómo vamos a medirlo? ¿Acaso crees que yo quiero ver a mis hijos sufrir? ¿Acaso piensas que deseo que Elena sea infeliz? ¿Acaso piensas que no los quiero con todo el dolor que uno puede soportar? ¿Acaso piensas que no los quiero mucho más que a ti? ¿Acaso piensas que tú lo ocupas todo? Acaso no sea más que una nueva mentira tuya. Las mentiras dulces y grandiosas que enuncias sin ningún rubor.

27

Hace tiempo que me pregunto qué era lo que mirabas en mis ojos, qué divisabas en mis ojos cuando me mirabas, qué buscabas tras la estela triste que dejan a su paso.

Hace ya algún tiempo que me pregunto qué era la que yo miraba en tus ojos, qué era lo que divisaba desde la profundidad de mi desconocimiento, qué demonios quería ver.

A veces me pregunto si te miraba de veras, si verdaderamente quería descubrir algo allí dentro, si solo fingía que te miraba, si acaso tú hacías lo mismo, si solo fingías.

Aquí, en esta fría habitación de un hostal de carretera, mirando mis ojos en el espejo, me pregunto si me estoy mirando de verdad, si mis ojos se reconocen, si se cuentan cualquier cosa desde detrás del disfraz. «¿Acaso mantener una emoción es posible? —me pregunto mirando los ojos del espejo—, ¿acaso se puede suspender en el tiempo, acaso podemos despojarla de la tiranía de la fugacidad?».

Hace tiempo que me pregunto cuántas Olgas he conocido, cuántas me has permitido tal vez vislumbrar, cuántas te has guardado para nadie.

Sí, ya hace algún tiempo que me pregunto cuántos disfraces guardamos en el armario de las ilusiones, en el armario de la última esperanza, en la perplejidad de los ojos en el espejo.

Termina *Brilliant Disguise*. Cojo el móvil y llamo a Elena. Le hago preguntas y ella me las hace a mí. Se ponen los críos y les digo que los quiero. Después, Elena me dice que me quiere. Yo también lo hago, le digo que la quiero, siento que la quiero. Acabo la llamada, enciendo un cigarrillo y abro una cerveza. No pienso en ti. Ahora no pienso en nada. Salgo a la calle porque el cigarrillo y la cerveza ya son historia y no sé qué hacer. El Cadillac, de repente deslucido, me saluda bajo la luz mortecina de una farola.

Veo que la cafetería aún está abierta, son las diez y media de la noche de un día de julio. Entro y pido un *whisky*. No hay mucha gente. La mayoría de los inquilinos son familias humildes que pasan unos días de verano cerca de la playa. Ahora, en el momento de la cena, prefieren los restaurantes y pizzerías que hay a pie de carretera.

—Disculpe, ¿le importa si hablamos un momento?

Me he sentado afuera, en una silla de plástico rojo junto a una mesa de plástico rojo. El estúpido barrilete de la Cruzcampo me observa de reojo desde su inmovilidad incrustada en la superficie redonda de la mesa. El tipo que me ha hecho la pregunta está de repente junto a mí, de pie, en la pequeña explanada que el bar utiliza a modo de terraza. Solo hay siete mesas. Me he sentado en la mesa más alejada de la puerta para estar lo más alejado posible de cualquier persona. No hay nadie más en la terraza, solo él y yo. El tío ha aparecido de improviso con su cerveza Cruzcampo. No tiene aspecto de sarasa. Me hubiese dado cuenta enseguida: incluso a los más viriles les delata la inflexión de la voz si te desean. «He de tener cuidado con lo que pienso —me digo—, podrían acusarme de homófobo». En realidad, hoy en día pueden acusarte de cualquier cosa.

—Estoy un poco cansado —digo—. No se ofenda, pero no me apetece mucho hablar.

—No me ofendo —dice.

Tiene unos cincuenta y cinco años, estatura media, barriga cervecera, un rostro bronceado y agradable. Un rostro impostado. Seguro que se dedica a engatusar a la gente. Puede que también a lamer culos. Lo cierto es que lleva unas chanclas horribles, un bañador horrible y una camiseta amarilla con el cuello rojo. Horrible también.

—¿Sabe? —continúa—. Esta tarde le hemos visto en la piscina. Mi mujer y yo.

Se queda callado. Lo miro. Levanto las cejas.

—Mi mujer me ha comentado que le resultaba muy atractivo.

«Mierda —pienso—, ¿por qué cojones me pasan estas cosas?».

—Es una chica rubia, con el pelo largo, hoy llevaba un tanga de fantasía, creo que también usted pudo fijarse en ella.

Ahora le estoy mirando fijamente. El tío aguanta la mirada. Distingo un matiz festivo en esa mirada, una excitación. Sí que me he fijado en la rubia del tanga de fantasía. Paseó su trasero varias veces delante de la hamaca donde estaba sentado bebiendo cerveza. Un buen trasero. Firme. Una rubia de unos treinta y cinco años, guapa. «¿Este barrigón medio calvo es su marido?».

—Sí —digo—. La recuerdo.

—Eso pensé. —El tipo sonríe con mucha cordialidad. Me tiende la mano—. Me llamo Enrique —dice—. Enrique Martín Benítez, de Málaga, para servirle —y suelta una risotada.

Le miro. La curiosidad mató al gato. Le estrecho la mano. Sí, la curiosidad deviene en tormento si se dan las condiciones emocionales adecuadas. ¿Te das cuenta, querida? Las necesidades de mis semejantes entrelazándose con mis propias necesidades. Estoy estupefacto, pero también estoy sereno y hasta divertido. No habrás sido tú y tus espíritus quienes han propiciado este encuentro, ¿verdad?

Me río a carcajadas.

Quizá sea esta mi misión, quizá ahora entenderé, quizá ya está todo escrito.

Enrique se sienta frente a mí, al otro lado de la mesa. Parece estar esperando algo.

—¿Y tú? —dice.
—¿Cómo?
—¿Cómo te llamas?
—Ah.

Risas.

—Lucas —miento—. De Madrid.

Enrique se arrellana en la silla de plástico rojo, bebe cerveza y me mira sin dejar de sonreír. De modo que aquí estamos los dos, cielo, el ángel que te convirtió en mujer y el estúpido que te creyó una niña.

—Conque hacéis intercambio de pareja —decido envidar de inmediato.

Enrique sonríe. No aprecio contrariedad o enfado en su expresión. Tampoco duda.

—Sí, claro —dice—. Aunque, realmente, es algo más complejo.

—¿Más complejo? ¿Cómo de complejo?

—Bueno, verás, mi matrimonio se sustenta en unas reglas sexuales poco convencionales. Para nosotros el sexo es un disfrute al que no se le puede estar poniendo barreras constantemente. No es que valga todo o tengamos inclinaciones depravadas, no. Lo que ocurre es que sentimos que coartar el deseo que cada uno pueda experimentar por otras personas no es justo ni con nosotros ni con la naturaleza humana.

Pero tampoco queremos separarnos para experimentarlo, al menos no por costumbre, sino que queremos hacerlo a la vez, mezclarnos con otras personas que también sientan ese mismo impulso.

—Bueno, no es tan complejo.

—Así es —asiente—, pero veo que quieres ir al grano, y me parece bien. Mañana hemos invitado a comer a una chica que hemos conocido estos días. Comeremos en una casa que tenemos alquilada cerca del mar. Por la mañana nos tumbaremos un rato al sol y pasearemos por la playa, y después prepararé unos calamares a la plancha. Hemos pensado que quizá te gustaría acompañarnos.

—O sea, que me invitas a comer calamares mañana con tu mujer y una chica que habéis conocido recientemente.

Enrique ensancha su sonrisa.

—Así es —dice.

—¿Pero a ti te gustan los hombres?

—No, no... En absoluto. Pero a mí mujer sí le gustan las mujeres.

—De modo que comemos calamares, bebemos cerveza y vino, y después podemos meternos mano los unos a los otros sin restricciones, ¿no?... Bueno, tú y yo no podemos meternos mano.

Esto lo he dicho muy serio, muy concentrado. Enrique me mira divertido, también un tanto perplejo. Sigue sonriendo. Quizá no esperaba mis palabras.

—Bueno, esa es, básicamente, la idea —dice, y después se ruboriza un poco—. Eres un tipo extraño, Lucas —continua—. Inés, así se llama la chica, ya ha tenido algún escarceo con Lena, mi mujer, y queremos que mañana dé un paso más. Por eso hemos pensado que tu compañía podría facilitar las cosas. Digamos que habría igualdad de fuerzas. Y, como te he dicho, Inés y mi mujer piensan que eres un hombre muy guapo.

Bebo un poco de *whisky* tras fruncir los labios. Simulo mucha seriedad, mucha displicencia. En realidad, estoy actuando mientras improviso, pero no es un acto de voluntad, es como si me dejase llevar.

—Me habías dicho que lo pensaba tu mujer. Ya son dos mujeres las que piensan que soy un hombre muy guapo. Es todo un halago… ¿Y tú? ¿Piensas tú que soy guapo?

Una risotada nerviosa.

—Sí —dice—. Eres un tío guapo.

Me concentro en mi seriedad. La sonrisa de Enrique se esfuerza. Suelto una carcajada para aliviarlo. Reímos un rato.

—Así que no os alojáis en el hotel —digo un poco más tarde.

—No, no, llevamos ya unos cuantos años alquilando una casita muy coqueta al lado de la playa. Solemos pasar un par de semanas por aquí en verano. Inés sí se aloja aquí. Hoy decidimos pasar la tarde en la piscina, bebiendo mojitos.

—De acuerdo —digo—. Comeré calamares con vosotros. Por cierto, se ha acabado mi *whisky*. ¿Me invitas? ¿O te está esperando tu mujer?

—Aún puedo entretenerme un rato. Lena ha acompañado a Inés al pueblo.

Enrique entra en la cafetería y luego regresa con un *whisky* y una cerveza. Hablamos intrascendencias durante media hora porque me siento cansado de repente y no dejo resquicio a otra cosa. Nos despedimos amistosamente y me marcho a la habitación. Me quedo contemplando la cama, cubierta tan solo por una sábana blanca. Abro una cerveza caliente y enciendo un porro. Por alguna extraña razón pienso en mis hijos. Me pongo un poco triste. Después me masturbo de pie frente a la cama hasta que el semen moja las sábanas blancas. Cojo la cámara de fotos un poco después y enfoco mi semen sobre las sábanas. Hago una foto.

28

Te despiertas asustada y miras a tu alrededor. Los árboles te rodean y todo está muy oscuro. Como en una historia gráfica, onírica y tenebrosa, tu chándal violeta y tu larga cola dorada resaltan sobre todo lo demás. Tienes diez años y te acuerdas del primer golpe que recibiste de tu madre. No deberías acordarte. Aún no habías cumplido un año. Estuviste muchos días en coma, en otra oscuridad diferente, más densa, menos tangible. Voces inconexas y estrellas que se apagaban fueron tu única compañía. No había nada más. De vez en cuando aún vuelven. Las voces que no cuentan nada, que solo dan miedo, y las estrellas sin luz.

Tienes diez años y estás sola en un bosque oscuro y desconocido y lo único que quieres es que tu madre te abrace. Pero tu madre nunca te ha abrazado. Tu madre te golpea y te grita y nunca te dice que te quiere. Así que te echas a llorar. Las lágrimas forman un charco fangoso a tus pies, en este bosque desconocido que te susurra sus lamentos. Entonces te ves, a lo lejos, y levantas los brazos. Ella, tú, se acerca a ti, pero cuando la tienes cerca compruebas que ya no eres una niña. La mujer a la que ves te dejó atrás hace mucho, quiso olvidarte sin más. Pero el olvido no es una cuestión de decisión, es un desafío del alma y, en esa pugna, casi siempre se tienen las de perder. La observas atónita. Ahora el chándal es azul y el cabello se para antes de llegar a la curva de las nalgas. Pero la mirada es la misma. Una mirada triste. Una mirada desvalida. Una mirada de niña asustada, de niña que quiere ser solo eso, una niña. Así que te miras muy profundamente en tus ojos y vuelves a levantar los brazos. Y la niña grande del chándal azul te abraza muy fuerte. «No tengas miedo», te dice. Y tú lloras dentro de tu abrazo. «No tengas miedo —vuelve a decirte—. Ya pasó todo. Ya está pasando, ahora eres fuerte y grande y mucha gente te quiere. Mírate. ¿No te ves?». La mujer del chándal azul te separa de tu abrazo y hace que te mires. Después te coge la mano. «Acompáñame —dice—, yo te sacaré de aquí. Hace mucho frío en este bosque». Y empiezas a caminar. Y a cada paso que te aleja del bosque, las imágenes del periplo vital que ha llenado tu tiempo acuden a la memoria. Ahí está Clara, tu gran amiga de la infancia. Y ahí Enrique, su padre. Y el atletismo, y las fotos, y las noches de truculenta lascivia. Y la oscuridad otra vez y el dolor y la huida y Anthony Clarke, ese inglés maduro, sufrido, elegante y sin problemas económicos; y con él las motos, el sosiego y el acomodamiento. Y luego los chicos y los accidentes y la melancolía y la desesperación. Y después de todo eso, de repente, el olvido. Porque un día descubres que te habías olvidado de ti misma. Te habías olvidado de quién eras, pero, aun así, seguiste adelante. Atravesaste bosques inmensos, desiertos calcinados y llanuras inabarcables, hasta que, exangüe, decidiste dormir, soñar, acaso recordarte. Sin embargo, al despertar, nada había cambiado. Al contrario, el olvido era ahora más denso, más voluble, más imaginario, de modo que te enderezaste y volviste al camino. Recorriste entonces estepas solitarias, cordilleras abruptas, interminables, selvas tan espesas como el mismo olvido que te incitaba a continuar.

Un día, desde el cielo inhóspito de una pequeña colina, agotada, divisaste una ciudad, una ciudad que te pareció tan grande como toda la extensión de terreno que habías recorrido en tu viaje, en aquella búsqueda de ti misma. Y en aquella ciudad descomunal, de repente te recordaste y, al hacerlo, te diste cuenta de que ya no eras aquella que habías recordado, que el camino que habías recorrido te había convertido en otra persona distinta.

Pensaste entonces en volver sobre tus pasos, en desandar el camino, pero la monstruosa inmensidad de aquella ciudad te hizo comprender que ese empeño no tendría éxito, que volver otra vez al inicio del trayecto para reencontrarte era tan solo un ejercicio de prestidigitación. Así que decidiste quedarte. Y resistir. Y recorrer las calles pequeñas de aquella inmensa ciudad mientras el suelo siguiese firme bajo tus pies.

Quién sabe, quizá, con suerte, te olvidases otra vez de todo al doblar cualquier esquina.

29

Voy andando por las calles estrechas y alargadas de Zahora, calles anárquicas que, ahora, en verano, siempre son transitadas. A menudo he de apartarme, incluso detenerme, para que los coches avancen. Voy andando con mi sombrero de paja, al estilo Sinatra, y una botella de agua de litro y medio. Son las doce del mediodía. El sol cae a plomo y vuelvo a sudar. Tengo la boca seca. Me he levantado pronto y he estado corriendo. Quería ahuyentar en la medida de lo posible las secuelas nocivas del alcohol en mi cuerpo. Siempre ahuyentando nuestros pecados, siempre negándonos.

De camino a la playa se ven pequeños grupos que van en la misma dirección. Pandillas de adolescentes o familias diversas, alguna pareja con las manos enlazadas.

La playa de Zahora es preciosa. Una arena naranja que por la mañana le gana terreno al mar, casi transparente, para luego replegarse a medida que cae la tarde. Un cielo celeste que ilumina las sonrisas que a su paso provoca.

Enrique viene a buscarme cuando le aviso de mi llegada. Lleva un bañador discreto y unas chanclas menos llamativas que ayer. Decentes. Me guía por la arena hacia el faro de Trafalgar, tras el que se extiende Los Caños de Meca. Hay bastante animación a nuestro alrededor, pero no la asfixiante masificación de Málaga. Enrique habla por los codos otra vez. Me dice que es profesor universitario. Me dice que lo que le gusta de este sitio es que aún no está del todo explotado. Me dice que ya no le gusta ir a la playa en Málaga.

El tanga de Lena es negro esta mañana. El de Inés amarillo. Inés es una morena voluptuosa, el pelo rizado y una sonrisa tímida que desea comprensión. Me cuenta que es de Valencia, que tiene veintisiete años, que es periodista sin trabajo, que está viajando sola, sin un rumbo determinado. Las dos hacen toples. Los pechos de Lena son pequeños y redondos y terminan en un pezón oscuro. Los de Inés turgentes, generosos, sonrosados. Se los miro sin disimulo. Ella se sonroja. Eso me hace sonreír.

La casa alquilada de Enrique y Lena está muy cerca de la playa. Es una casa blanca circundada por un muro, de dos plantas, con el techo de tejas y un porche amplio y luminoso. Las chicas se han puesto camisetas y Enrique está preparando la plancha y los calamares en el patio, junto al porche. Bebemos cerveza y escuchamos música. Es un día fantástico de verano. Me pregunto qué hago aquí.

—La sociedad, en general, prefiere tortilla de patatas antes que langosta —dice Enrique riendo—. No hay que darle más vueltas.

Lo ha dicho porque Lena e Inés están indignadas con las últimas noticias acerca de la corrupción política y la situación cada vez más precaria de la sociedad. Por lo visto, nuestro futuro no es muy halagüeño.

—Pero es que es una vergüenza —dice Inés—. Todo lo que ocurre lo es. No puedo entenderlo. Pensaba que haciendo lo correcto las cosas tendrían que ir bien, porque además pensaba que la mayoría de la gente también se dedicaría a hacer lo correcto. Pero a cada paso que doy, menos certezas siguen a mi lado. No entiendo cómo no cambian las cosas, cómo ocurre esto en el mundo.

Bebo un largo trago de cerveza. Las certezas, en la mayoría de los casos, viajan haciendo dedo, de modo que nunca sabes con quién van a topar.

—Inés —digo—, la única certeza en estos momentos es que estamos vivos. Y sí, algo hay que hacer al respecto, pero no sirve de nada pensarlo, te lo aseguro. En realidad, casi todo el mundo busca seguridad. De eso se trata. Una vez que creen poseerla, buscarán comodidad y prestigio sometiéndose a lo que hace la mayoría. Después acumularán posesiones mientras el ritmo de su vida diaria les hará angustiarse. Finalmente vivirán resignados recorriendo los caminos trillados, callando al toparse con la injusticia, aparentando entusiasmo, comiendo, bebiendo y divirtiéndose salomónicamente, y apoyándose en la aprobación de los demás, por supuesto. Eso es lo que quieren, además, los que manejan el cotarro, los pocos que están en disposición de cambiar la seguridad, los que la detentan sin ningún obstáculo y, por lo tanto, pueden utilizarla a su antojo. Los que no se resignan con todo. Así que para qué hacer planes.

Todos se han quedado callados. Me miran. Radiohead empieza a escucharse en los altavoces colocados en la ventana del salón que da al patio. Enrique tiene las pinzas de cocinar suspendidas en el aire mientras me mira y va sonriendo poco a poco.

—Eres un tipo extraño, Lucas —dice—, extraño y misterioso, pero muy guapo —y ríe—. Sin embargo, es bueno tener un plan, ¿no?, una idea de hacia dónde quieres ir, porque, aun estando en parte de acuerdo contigo, la resignación se sobrelleva mejor cuanta más calidad de vida y más seguridad tienes, ¿verdad? Al menos es lo que pienso.

Bebo más cerveza. El humo de los calamares haciéndose en la plancha conforma un aura espectral alrededor de la imagen de Enrique. Hijo de puta. Hace un rato alardeaba de su carrera como atleta universitario con la complicidad de Lena. Se me revolvieron las tripas mientras contemplaba su sonrisa de niño consentido, de hombre del año en la revista *Life*.

—Y tu plan te ha salido rodado, ¿eh? —digo. Y sonrío.

Inés ha entornado los ojos. Ahora se ha refugiado en el interior de sus pensamientos, de modo que Lena se acerca a ella y le acaricia la mejilla con el dorso de la mano.

—Como ha dicho Lucas, ahora estamos vivos —dice Lena con dulzura—, estamos aquí, y algo hay que hacer al respecto.

Inés abre los ojos y ella y Lena se miran. Sonríen. Lena la besa. Inés, sorprendida, echa la cabeza hacia atrás y me mira de reojo, pero corresponde al beso con otro beso. Enrique coge las pinzas y les da la vuelta a los calamares. «*When you were here before, I couldn't look you in the eye, you're just like an angel, your skin makes me cry*». Lena me mete la lengua en la boca mientras la guitarra poderosa de Radiohead se eleva sobre nosotros. Me pongo cachondo enseguida. Lena desprende lujuria y sabe cómo envolverte en ella. La guitarra y mi respiración se agitan acompasadas y busco a Inés, la busco lascivo y decidido con la mirada, la busco seguro de mí mismo. Pero ahora quiero follarte a ti, así que mis dedos se deslizan pubis abajo y se meten poco a poco en el sexo encharcado de Lena.

—Ejem, ejem —el carraspeo de Enrique detiene el movimiento de mis dedos—. Los calamares ya casi están. Deberíamos llenar el estómago antes de comernos el postre, ¿os parece?

Lena y yo nos separamos riendo como niños y asentimos. Riendo como niños, me entra un escalofrío... Así que todos nos preparamos para comer. Y lo cierto es que Enrique es un buen cocinero. Después me entran ganas de mear y voy al baño. Salgo del baño. Inés está en la cocina llenando la cubitera de hielo. Me da la espalda. La música del patio llega amortiguada por los tabiques pintados de azul. Suena *Again*, del gran Lenny. «*All of my life, where have you been, I wonder if I'll ever see you again*». Me acuerdo de ti. Y no quiero acordarme de ti. Me acerco y la rodeo con mis brazos. Ella da un respingo y gira la cabeza para verme. Sonrío. La pequeña tensión inicial la abandona al instante. Meto mis manos por debajo de su camiseta y las lleno con sus pechos cálidos y exuberantes. Mi polla se endurece en su trasero. La beso en el cuello, apenas rozo su piel. Inés suspira y vuelve a girar la cabeza, la boca entreabierta, los ojos semicerrados. Beso sus labios y sus pezones se hacen grandes en mis dedos. Cierra los ojos. Las lenguas juegan un momento descoordinadas, pero después demuestran que forman un buen equipo. La saliva y la piel nos lubrifican mientras se da la vuelta y mis manos aferran ahora las nalgas. Me baja el bañador. La polla sale disparada, apuntando entre bamboleos su objetivo. Ahora Inés alterna los suspiros y los jadeos mientras nuestras bocas se dejan sin resuello. Tengo dos dedos dentro de su sexo empapado. Me agacho para quitarle el tanga amarillo y le beso los muslos. La tumbo sobre la mesa, le abro las piernas, me pongo un preservativo y me dispongo a penetrarla. Ella se encoge de repente.

—No pienses solo en ti por favor —dice.

La miro a los ojos sorprendido. Sonrío. La beso con ternura. No quiero preguntar.

—No te preocupes —digo.

Y la beso otra vez.

Inés me mira muy seria y expectante. Sus piernas encogidas se van relajando mientras seguimos mirándonos. La penetro suave, lentamente, mirándola mucho mientras ella me mira. Se aúpa haciendo que entre por completo en sus entrañas y me besa con ansia. Embisto fuerte. Grita. Lena aparece a nuestro lado desnuda por completo. Esparce varios preservativos por la mesa. Me gusta mucho su pubis. Se inclina y masajea y chupa los pezones de Inés, a la que se le extravían los ojos. Yo sigo a lo mío. Enrique se une a la fiesta y penetra a Lena por detrás mientras esta besa a Inés. Enrique me mira sonriendo mucho. «Enrique es un cabrón», pienso. «Enrique sabe disfrutar de la vida», pienso. «Enrique es Enrique —pienso—. Y yo soy yo. No hay vuelta atrás». Y mientras Enrique sale de Lena y se acerca a mí para que yo salga de Inés y él pueda entrar, pienso que quizá hemos acabado con el pasado, pero también pienso que el pasado no ha acabado con nosotros.

30

Me despido de Enrique por la mañana. Es el único que me escucha cuando me levanto a las siete. Insiste para que me quede un día más. Le digo que es imposible, que quiero pasar por Málaga antes de continuar mi viaje a Madrid, de vuelta a casa. Le digo que en Málaga voy a quedar con una amiga muy maja y muy libre, que seguro que tiene otras amigas muy libres y muy majas, que podría venirse a ver qué pasa.

—Llámame —dice sonriendo.
—Lo haré —digo—. ¿Puedo hacerte una foto?
Me mira extrañado.
—Es para que las amigas de mi amiga te vean...
Suelta una carcajada.
—Entonces igual no quieren que vaya —dice—. Venga, hazla.
Le hago una foto. Será la última de este viaje. La foto final.

Al cabo de hora y media, aparco en una calle comercial de Tarifa, donde compruebo que el Cadillac no llama tanto la atención como en otros lares. Entro en una tienda de fotografía para que impriman las fotos que he hecho durante el viaje. Busco una oficina de Correos que tardo en encontrar. Allí meto en un sobre las fotos y un poema que he escrito esta noche, antes de dormir, exhausto después de tanto sexo. Pongo tu dirección y lo envío:

Sin más escudo que este corazón,
navegué desnudo tu océano de incertidumbre.
Sin más vanidad que mis sentimientos,
me zambullí, desnudo, en el mar que habitan tus fantasmas.

Ahora estoy aquí, ¿puedes verlo?,
sumergido en el interior de la desolación,
envuelto en la placenta de tu indiferencia,
desnudo, manchado con la sangre que engendra la vida,
sangre mezclada con la simiente blanca de mi propia savia.

¿Por qué te fuiste así, sin más, ojos de mar, ojos de mis ojos?
¿Por qué no me acunaste antes de difuminarte en mi mirada para siempre?

No es verdad que el amor pueda con todo, no es verdad.
No es verdad que nos reconforte, que sea un impulso de trascendencia.
Simplemente ocurre, viene, remueve el equilibrio impostado y se va.
Se aleja imperturbable dejándonos planos, sumidos en la anarquía.

Después del calor, la inquietud; después de tu abrazo, el vacío.
Después de todo lo que nos dijimos, el silencio.
Después de todo, amor, nada.
Tan solo palabras ofuscadas.
Entelequia.

31

Vivimos en un mundo de apariencias donde mostrarse tal y como uno es supone no solo un desafío interior, sino una ofensa para el conformismo y la hipocresía de nuestros semejantes. De todos nosotros, en realidad.

¿Recuerdas cuando te solté este pensamiento? Me dijiste que era brillante, pero algo en tu mirada me hizo pensar que no.

Acabo de aparcar el Cadillac. Todo el mundo lo mira y me mira. He llegado a Málaga. Estoy en la ciudad donde vivimos y me siento raro, todo el mundo mirándonos al Cadillac y a mí, una ciudad húmeda y mugrienta que se regodea en su clima cálido y su olor a pescado frito. Una ciudad merdellona. La ciudad de la luz. La luz del sol.

Estoy en un barrio céntrico, un barrio que conozco bien. Miro en derredor y localizo una cafetería. Cuando entro, una luz macilenta y un denso murmullo me reciben. Me acomodo en la barra, pido una cerveza bien fría y bebo un largo trago. Enciendo un cigarrillo, pero lo apago de inmediato. El camarero se ha acercado. Me disculpo con una sonrisa. Hay algunos clientes que me miran, pero apartan los ojos en cuanto yo los miro. Me recreo entonces en la fauna que se esparce diseminada por el sombrío perímetro de la cafetería. Abundan los hombres de cuarenta años en adelante, obreros, también jubilados. Muchos están borrachos. Tienen la copa a mano y a la mayoría se les ve desaliñados, los ojos enrojecidos, la mirada perdida; la amargura surcando las arrugas que envilecen sus rostros. Son las cinco de la tarde. La mayoría están solos. Algunos se sientan juntos, pero no hablan mucho. Eso sí, a veces se miran aburridos. Sin embargo, reparo en que sí que hay uno que hoy está hablando, habla por los codos. Es el que está más borracho. El único que ha mantenido su mirada extraviada en mi mirada, incluso la ha buscado, mi mirada, pero hoy no tengo ganas de escuchar. Habla en voz alta, aunque su interlocutor está muy cerca, sentado en un taburete, asintiendo mecánico y riendo a veces estúpidamente, riendo sin saber por qué ríe: no tiene nada mejor que hacer. Hay algunas parejas jóvenes, parejas de novios o de amigos, parejas de amantes, quizá sean compañeros de trabajo. Los observo con interés. El aliento del miedo me enfría la nuca. Sus ojos, sus rostros, ya están anunciando lo que vendrá en el futuro, las huellas de angustia que surcarán sus vidas, la decrepitud. Gente derrotada. Aun antes de empezar a vivir. También hay extranjeros, inmigrantes del este me han parecido. No hay mucho que decir de ellos que no haya dicho ya de los otros. Me refiero a su aspecto exterior, a las huellas, el interior es aún más terrible. Hay pocas mujeres, sí, pero todas son feísimas, incluso algún tullido bebe de su copa con la triste concentración de la desidia en las pupilas. Ni un ápice de inteligencia. Por ningún lado. Les regalaría rosas a todos, besos, mil caricias.

Salgo a la calle. El camarero marroquí me ha mirado con suspicacia cuando le he abonado la cuenta, con recelo, qué contrasentido. Al salir, casi me doy de bruces con una rumana harapienta a la que conozco, una adolescente envejecida que pide limosna con insistencia. Le doy una moneda para quitármela de encima. Mientras la veo alejarse, pienso en cosas que me gustaría hacer. Me gustaría reír como un niño. Me gustaría cantar como un pájaro. Me gustaría nadar como un delfín. Y te aseguro que a veces lo hago. Lo que ocurre es que al principio creí en una historia de luz. Un cuento. Una historia de ilusión, amor y ternura. En esa historia no había que aguardar la llegada de la noche para contemplar las estrellas. El universo caminaba unido y mejoraba día a día el bienestar de sus ciudadanos; fomentaba la paz, solucionaba los problemas, las necesidades inherentes a la dignidad de las personas. Pero eso fue un día. Después aprendí que los cuentos son solo eso: cuentos. Después supe que las estrellas diurnas tan solo las contemplan aquellos que nos permiten contar historias, contar cuentos. Los demás hemos de esperar a la noche para verlas brillar. Desde entonces una guitarra me acompaña a todos lados. Una guitarra desesperada. Una guitarra salvaje. El sonido de una guitarra hastiada pero indómita que nunca se apagará.

32

Los ojos que nos miran no quieren saber.

Los ojos que nos miran se detienen en la piel, en las arrugas que el tiempo tatúa en nuestra piel.

Los ojos que nos miran tan solo quieren controlar, apaciguar el deseo, encontrar, al fin, el descanso.

Los ojos que nos miran nos traicionarán sin dudarlo, sin siquiera pestañear, igual que nuestros ojos reflejados en el espejo de su mirada, los mismos ojos que un día se regalaron alabanzas, también nuestros ojos traicionarán.

No hay vuelta atrás, no hay paz en los ojos nunca, no hay sosiego. Tan solo afán, desconfianza, apenas un respiro cuando se cierran para mirarse, aterrados, a sí mismos…

Un instante, un suspiro…

Los ojos que nos miran tatúan su dolor en nuestros ojos, una y otra vez, y nuestros ojos en ellos, una y otra vez, hasta que, exhaustos, los ojos que se han mirado se cierran por completo.

33

—¿Estás asustado?

Eso lo he dicho yo. Se lo he dicho a Enrique, que me está mirando con cara de espanto.

—No, no —balbucea—. ¿Por qué iba a estarlo?

Me río a carcajadas, me levanto de un salto siguiendo el compás de la guitarra de Jon Bon Jovi y bailo durante un rato. *«You ask me if I've known love and what it's like to sing songs in the rain. Well, I've seen love come and I've seen it shot down. I've seen it die in vain»*. Estoy muy excitado. Salto otra vez. Mi cara se enfrenta a la cara de Enrique, que cierra los ojos. Le pego un cabezazo en la nariz. Chilla. La nariz se ha hundido y la sangre le llena la boca.

Su llanto me hace reír.

—¿Te duele? —digo.

Le abofeteo sin demasiado énfasis, solo por deleitarme en su sufrimiento, en su cobardía.

—¿Cómo se puede ser tan mamón? —digo—. Era apenas una niña.

Enrique está escupiendo la sangre que le llena la boca. Resulta asqueroso ahí sentado en la silla, en calzoncillos, la piel flácida ahora enrojecida a causa de la cinta aislante que lo envuelve desde el abdomen hasta el pecho y que lo inmoviliza a su asiento. La he apretado a conciencia, apenas se opuso, mi primer puñetazo le dejó sin resuello. Estamos en el salón de su casa de campo, en Alhaurín de la Torre, donde el muy hijoputa pensaba que iba a metérsela a un par de jovencitas rubias y alegres que iban a acompañarme. Le había llamado por la mañana desde Tarifa, donde había decidido quedarme la noche anterior tumbado en la playa, pensando en por qué demonios quería hacerle daño a Enrique, si acaso era por el daño indeleble que yo imaginaba que te había causado y que te hace ser ese volcán gélido que he conocido, si acaso es por el sentimiento de culpa que a veces siento que me embarga cuando pienso en mi familia, o si acaso es porque estoy harto de todo esto, harto de habitar en mí. Pensando también en el daño que quería infligir, si solo se trataba de un mero entretenimiento de mi rabia frustrada, como de costumbre, o si verdaderamente sería capaz de torturar a una persona, incluso si sería capaz de matar a una persona, si podría seguir viviendo después como si nada quitando de en medio al que yo ya había clasificado como un ser despreciable. Pensando, en definitiva.

Como de costumbre, el pensamiento no devino en decisión, pero aun así llamé a Enrique y le dije que la noche anterior había hablado con mi amiga y que esta noche mi amiga y otra chica podrían acompañarnos y que seguro que lo pasaríamos bien. Le dije que pusiera alguna excusa a Lena y que se viniera para acá, que con las dos ya teníamos bastante. Así que, tras alguna duda, me dio la dirección de esta casa y quedamos a las diez de la noche de hoy.

—Por favor, por favor... —gimotea Enrique sin dejar de escupir.

La verdad es que sangra mucho. Me acerco y le echo la cabeza hacia atrás.

—¡Dueleeeee! —grita.

—¿Y qué esperabas? Deja de chillar, hombre. Deja que chorree a ver si se corta la hemorragia.

Voy a servirme un *whisky*. El viejo tiene buen gusto. Y dinero. Johnnie Walker de veintiún años. Me lo sirvo con hielo. Cojo una silla y me siento frente a él. Sigue sangrando, pero menos. Ahora no gimotea. Le limpio un poco con un paño húmedo y vuelvo a sentarme.

—¿Sabes? —digo—. Me pidió que me casara con ella. Que fuéramos un fin de semana a Lisboa y que nos casáramos allí.

—También me lo pidió a mí —dice.

Lo dice triste, resignado, como si se compadeciera de mí.

—Olga es una gran manipuladora. —Me mira muy serio, muy concentrado—. Su angustia y su desesperación la vuelven peligrosa. ¿Te ha contado también que su madre la golpeaba de pequeña, que siendo un bebé estuvo a punto de morir por un golpe de su madre? Pues no es verdad. Tuvo meningitis y estuvo al borde de la muerte, pero su madre es una buena mujer con la que Olga nunca se ha llevado bien. Y sí, quizá la meningitis le dejó secuelas, no lo sé. Yo no he sido un santo, es verdad, pero ella me estuvo buscando desde que era una mocosa, te lo puedo asegurar, sin importarle nada ni nadie.

Yo escucho y bebo *whisky*, pero no digo nada.

—Hazme un favor, deja que te enseñe una cosa.

—¿El qué? —digo tras mirarlo con rabia y apurar el *whisky*.

—Solo quiero que compruebes lo que digo, que no todo es tan lineal como ella te habrá contado. Solo tienes que poner una cinta de vídeo… Por Dios, ¿qué se supone que quieres hacer?

—¿Arrancarte la cabeza?

Me sorprendo escuchando la cólera que desprenden mis palabras. Respiro hondo. Voy a servirme otro *whisky*. Enciendo un cigarrillo. Fumo y respiro. Fumo, respiro y pienso. Todo me parece irreal. Me acuerdo de mis hijos. Me acuerdo de Elena. Me acuerdo de mi familia. Todo me da miedo. Vuelvo junto a Enrique.

—¿Dónde está esa cinta? digo.

Percibo alivio en su suspiro, alivio en su mirada.

—Desátame, Lucas... Esto es de locos, no creo que seas una mala persona...

—¡Joder, cállate! ¡No me llames Lucas! No me llamo así, gilipollas. Dime dónde está esa cinta.

Enrique resopla otra vez. Las pupilas se le han dilatado. Ha tensado los músculos.

—Está en una caja, en la pequeña habitación que hay en el hueco de las escaleras, junto a otras cintas. Tiene una pegatina que pone «Sexo, mentiras y cintas de vídeo». No recuerdo bien dónde está, al fondo, tendrás que apartar trastos de en medio.

—¿Sexo, mentiras y cintas de vídeo? ¿Como la película? —suelto una risotada.

—Sí, así es...

Apenas Enrique ha murmurado esas palabras cuando voy hacia donde me ha indicado. Efectivamente, he de apartar un montón de trastos antes de dar con la cinta de vídeo, que por cierto es VHS. Me quedo mirándola. Hace tiempo que no veía una. Me quedo mirándola y me pregunto si la quiero ver. Me pregunto qué demonios estoy haciendo. El miedo vuelve en forma de escalofrío.

En el salón veo un reproductor de DVD y VHS. Introduzco la cinta y enciendo la televisión. Veo el equipo de música al lado y decido echar un vistazo a los CD que se apilan muy ordenados en una repisa, encima del equipo. El primero que me llama la atención es la banda sonora de la película *Reality Bites*, porque en ella hay una canción que siempre me gustó. Enciendo el equipo de música y meto el CD. Con el rabillo del ojo he estado observando como Enrique me observaba a mí. La inquietud no le abandona, pero parece menos aterrorizado. Elijo el corte que buscaba del álbum y presiono a la vez *play* en el equipo de música y en el DVD con VHS incorporado. Entonces suena la versión que Big Mountain hizo del tema de Peter Frampton *Baby, I love your way* en los altavoces, y lo primero que se ve en la televisión es a ti, jovencísima, delgada, con las curvas perfectamente definidas, desnuda, follando con los ojos vueltos y la boca entreabierta. Follando enajenada. Follando en una habitación rodeada de otras personas que están haciendo lo mismo que tú. El tío que te está follando saca la polla rápidamente y se corre en tu vientre. Después mira a la cámara y sonríe drogado. Tú también sonríes a la cámara mientras aparece otro tío que te da la vuelta, te curva la espalda, te agarra la melena rubia y te la mete por detrás. Después la cámara se mueve, se queda quieta desde una posición en la que te enfoca de lado mientras gimes de placer, y la cara de un Enrique apuesto y con pelo aparece un momento en la pantalla sacando la lengua, y después se ve como se acerca a ti y mete su polla en tu boca mientras el otro sigue dándote caña por detrás. Y ya no quiero seguir viendo más y presiono el botón de *stop* del reproductor. Y me acuerdo de repente de la chica de la gasolinera y de sus bragas y de su mirada y de mi deseo. Y vuelvo a llorar, claro. Y solo se escucha la música ahora. «*I can see them under the pine. But don't, no, no, hesitate, 'cause your love won't wait. Ooh, baby, I love your way, everyday, yeah...*».

Después de no sé cuánto tiempo miro a Enrique y veo sus ojos llenos de lágrimas y su rictus derrotado. Me embarga una angustia infinita. Nuestras miradas se agrandan la una en la otra, se abrazan nuestras miradas y, con ese abrazo, quieren contener todo el dolor del mundo y hacerlo huir en este mismo instante, diluirlo, expulsarlo de nuestra existencia, de nuestro universo, quieren con ese abrazo que todos alcemos los brazos y que gritemos que entre todos podemos lograrlo, que tan solo basta con alzar los brazos y gritar a la vez, ahuyentar el dolor todos a la vez. Y durante un momento parece que es posible, que de verdad el dolor va a desaparecer mientras nuestras miradas se abrazan, pero muy pronto resulta que no, que es imposible, que es solo eso, un intento, un momento. Porque Enrique vuelve a mirarme otra vez derrotado y yo sigo llorando. Después ya no le miro más, meto el vaso donde he estado bebiendo *whisky* en una bolsa, voy detrás de él y corto parcialmente la cinta aislante que lo inmoviliza. Salgo de la casa. Cierro la puerta detrás de mí. Me quito los guantes que he tenido puestos desde que Enrique me franqueó la entrada a su casa y le asesté el primer puñetazo. Subo al Cadillac, arranco, enciendo las luces, conecto la radio y me voy.

34

Ayer tuve un sueño. Caminabas en mi sueño como tú siempre lo haces, como una reina. No te volviste ni una sola vez. Desapareciste tras la puerta de embarque envuelta en mi tristeza. Te llamé por tu nombre porque recordé aquello que dijiste en la arena de la playa, después de besarnos. Para mis adentros grité tu nombre con fuerza, pero la puerta de embarque se cerró. No escuché tus pasos. Nadie se acercó. Pensé entonces en todos los besos que nunca te había dado. Enseguida, la muchedumbre desapareció alrededor como antes tú lo habías hecho. Cuántos besos malgastados, cuántos silencios. Yo escarbaba ansioso dentro de tus ojos en la arena de la playa, balanceándome en tu regazo. Tus ojos siempre estaban limpios y tensos. Los míos cansados. No había nada que ocultar. Las estrellas se acaban muriendo mientras la luz que irradian nos sigue engañando.

La imagen del avión en el que cruzabas los cielos me llegó cuando abandonaba mis sueños en aquel aeropuerto. Volvías a tu tierra, a aquella galaxia que tanto añorabas.

Ven, escuché en un susurro.

Ven.

Y un dedo invisible detuvo la lágrima que atravesaba mi mejilla.

35

Conduzco bordeando el paseo marítimo mientras escucho a Dylan. Conduzco mi coche, han pasado casi dos meses desde que Fede y yo volvimos a esconder el Cadillac bajo la funda gris en el oscuro garaje de mi pueblo. Aún a veces echo de menos su bramido dorado sobre el asfalto. Aún a veces echo de menos su soledad.

    He dejado a los niños en el colegio. Hoy es su primer día tras el paréntesis estival, tras el territorio libre y engañoso de la infancia. No estaban demasiado tristes. No he percibido congoja en sus expresiones. Es tanto el amor que uno siente por ellos que a veces se extravía como los ojos de un anciano. Eso sí, quizá en sus miradas se vislumbraba la sorpresa que todas las mañanas puedo ver cuando me observo en el espejo, y es que el tiempo no se detiene. Quizá por eso, mientras los llevaba en el coche, he intentado distraer su atención contándoles una de esas historias del Oeste que tanto les gusta, acaso por asimilación —el gusto, quiero decir, la preferencia—, acaso cautivados por mi propia pasión. Les he contado la historia de Billy el Niño y ellos me han preguntado por qué Pat Garrett le pega un tiro al final al pobre Billy si habían sido tan amigos. «Solo él lo sabe», les he dicho a modo de despedida en la puerta del colegio, buscándote alrededor sin tapujos, sin esperanza tampoco, sin rabia para mi sorpresa. «Hay personas que deciden vivir sin reglas y hay personas que deciden sacar partido de ellas», les he dicho antes. Y Alejandro, el mayor, muy serio, ha preguntado: «¿Por qué Pat decidió sacar partido de las reglas, papá?». Y sí, podía haber hecho cualquier otra pregunta, pero ha hecho precisamente esa, así que no me ha quedado más remedio que mirar a los dos con ternura y decirles que solo él lo sabía. Billy el Niño era joven y no tenía hijos, eso también se lo podría haber dicho, mientras que Pat Garrett se estaba haciendo mayor y tenía una familia. Pero creo que tendrán que aprender ciertas cosas por sí mismos.

Estaba montando en el coche cuando te he visto a lo lejos mientras subías caminando hacia la rotonda principal del barrio. He arrancado y me he puesto en movimiento siguiendo la misma dirección justo cuando tú doblabas la esquina y te perdía de vista. En menos de diez segundos, mientras circulaba despacio, he vuelto a divisarte y nuestras miradas se han cruzado durante un instante. Tú estabas sonriendo y le estabas entregando una tarjeta a un padre del colegio al que conozco de vista. He creído ver que curvabas hacia abajo la sonrisa durante el fugaz instante de nuestro encuentro visual, un gesto de fastidio he creído ver, pero enseguida ha brotado una carcajada de tu boca vivaracha, de tu boca embustera, de tu boca romántica, de tu boca despiadada. Ha brotado la risa y el fugaz instante se ha convertido en pasado cuando rodeaba la rotonda y bajaba hacia el paseo marítimo mientras tu imagen se difuminaba en el espejo retrovisor y veía de esa manera como estrechabas la mano de tu interlocutor.

Conduzco bordeando el paseo marítimo y voy escuchando a Dylan y estoy pensando en los niños y en Billy y en Pat y en la risa de tu boca y entonces todo eso hace que vea a Slim

Pickens mirando a Katy Jurado con una sonrisa, ensangrentado, sabiendo que se está muriendo y que ya no hay más, su corazón está tocando a las puertas del cielo. Y la señora Baker mira al sheriff Baker con otra sonrisa y los dos se despiden así, mirándose, sonriéndose, mientras en el río hacia donde han caminado comienza a atardecer y la música lo envuelve todo. También a Billy en otra escena en la que sale de una choza con los brazos en alto y aire despreocupado mientras le sonríe a Pat, que baja la montaña hacia él fumando un cigarro, escoltado por la partida organizada para capturarle. Y, mientras Dylan tararea, Kris Kristofferson le espeta a James Coburn: «Te veo en mala compañía»; a lo que este responde: «Sí, pero estoy vivo». Entonces Billy sonríe mucho y sentencia: «Yo también». Y sí, es ahora cuando la vida se eleva hacia el cielo impulsada por la magia de Dylan.

Todo esto pasa en mi cabeza mientras, como digo, conduzco y luego aparco justo al lado de la estación de autobuses, en el barrio donde he crecido, frente al edificio donde aún viven mis padres y mi abuela Carmen. Y creo que es la armónica de Dylan lo que me ha empujado a hacerlo, las puertas del cielo, mis hijos, el pelo blanco de James Coburn, quizá tú, el miedo y, sin duda, la melancolía anticipada que me ha provocado el recordatorio del móvil: «Felicitar a Carmen, hoy cumple 95 años». Eso he leído en la pantalla mientras Dylan susurraba, «Billy, que está tan lejos de casa», mientras el pelo blanco de Coburn se disfrazaba con el pelo blanco de Carmen, mi abuela, mi amiga. Noventa y cinco años. Aquí está sentada frente a mí, la sonrisa desorientada, los ojos enormes tras el cristal de las gafas persiguiendo imágenes de sí misma, imágenes que ya no puede contemplar en ningún espejo de la casa, imágenes que ya solo están en el hogar de su espejo. El espejo de su memoria adonde acude perseverante en busca de alimento para no claudicar, para no perderse, para saber a ciencia cierta quién no es. Mi abuela, mi amiga, a quien tan poco tiempo dedico. Como a mi esposa, como a mis hijos, como a mis padres, como a mi hermano, como a mis amigos, como a ti. Como a mí, por supuesto. Como a esta vida desdichada. Como a esta hermosa vida.

    Carmen me abre la puerta y me mira. Carmen se deja abrazar. Carmen se sienta en el sillón. Carmen se detiene en la foto de mi abuelo y vuelve a contarme la misma historia. Carmen recuerda en voz alta como el amor transformó su vida, como aquel joven delgado y apuesto le sonrió cómplice y le dijo que no se preocupara, que le diese tiempo al tiempo, pues, al fin y al cabo, eso era lo único que poseían por aquel entonces: montañas y montañas de tiempo almacenadas como lingotes de oro en sus mejores sueños.

Lightning Source UK Ltd.
Milton Keynes UK
UKHW011008210820
368606UK00001B/281